03 10 17

경희대 재학시절. 뒷줄 맨 오른쪽이 시인. 조세희, 조해일 등과 국문과 동기였다.

1969년 신춘시 동인들과 함께. 뒷줄 왼쪽부터 시인, 이가림, 권오운, 신세훈, 장윤우, 앞줄 왼쪽부터 박봉우, 신명석, 강인섭, 윤삼하, 이근배.

1969년 부인 진정순과의 결혼식 모습. 황순원 시인이 주례를 보았다.

1970년 세들어 살던 세검정 김관식 시인의 집 '육모정'에서. 이 집은 신경림, 천상병 등 동료 문인들이 자주 드나들기로 유명했다.

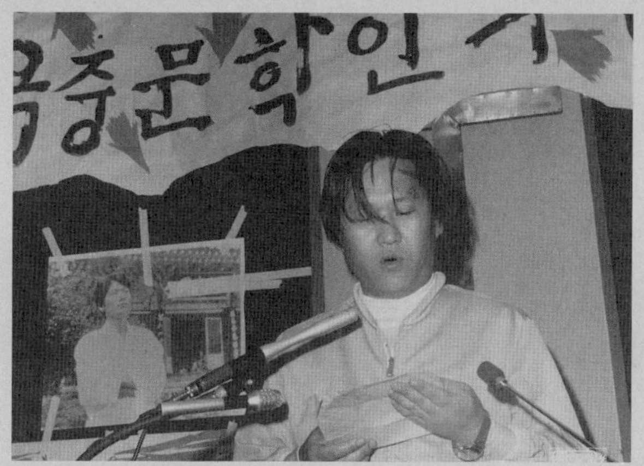

1978년 자유실천문인협의회 주최 '옥중문학인의 밤' 행사에서. 시인은 자유실천문인협의회 간사로 활동하면서 여러차례 고초를 겪었다.

1977년 '거시기 산악회' 회원들과 함께. 왼쪽부터 시계방향으로 시인, 염무웅, 이호철, 고은, 박태순. 시인은 총무 노릇을 맡아하며 평생의 문학적 지기들과 교유했다.

1977년 종로구 수송동 창작과비평사 사무실에서. 왼쪽부터 염무웅, 백낙청, 시인, 이오덕, 이원수.

1979년 시인이 일하던 창제인쇄공사 사무실에서. 시인사와 사무실을 같이 썼다.

1979년 어린이대공원에서 가족과 함께.

1979년 종로5가 기독교회관에서 열린 목요기도회에서. 고은, 이시영, 백낙청 등의 모습이 보인다.

1980년 김대중 전 대통령 내외와 동교동 사저에서. 앞줄 맨 왼쪽이 시인.

1991년 여섯번째 시집 『산속에서 꽃속에서』로 제1회 편운문학상을 수상하면서.

1987년 민족문학작가회의 현판식에서. 시인은 자유실천문인협의회가 민족문학작가회의로 바뀌면서 초대상임이사를 맡았다.

1993년 연변민족문학원 개관식 참석차 중국을 방문했을 때. 왼쪽부터 손춘익, 이근배, 염무웅, 시인, 김종해, 이문구.

1995년 일곱번째 시집 『풀꽃은 꺾이지 않는다』로 제10회 만해문학상을 수상하면서.

광주대 학생들과 태안사 답사여행에서. 시인은 광주대 예술대학 초대 학장을 지냈다.

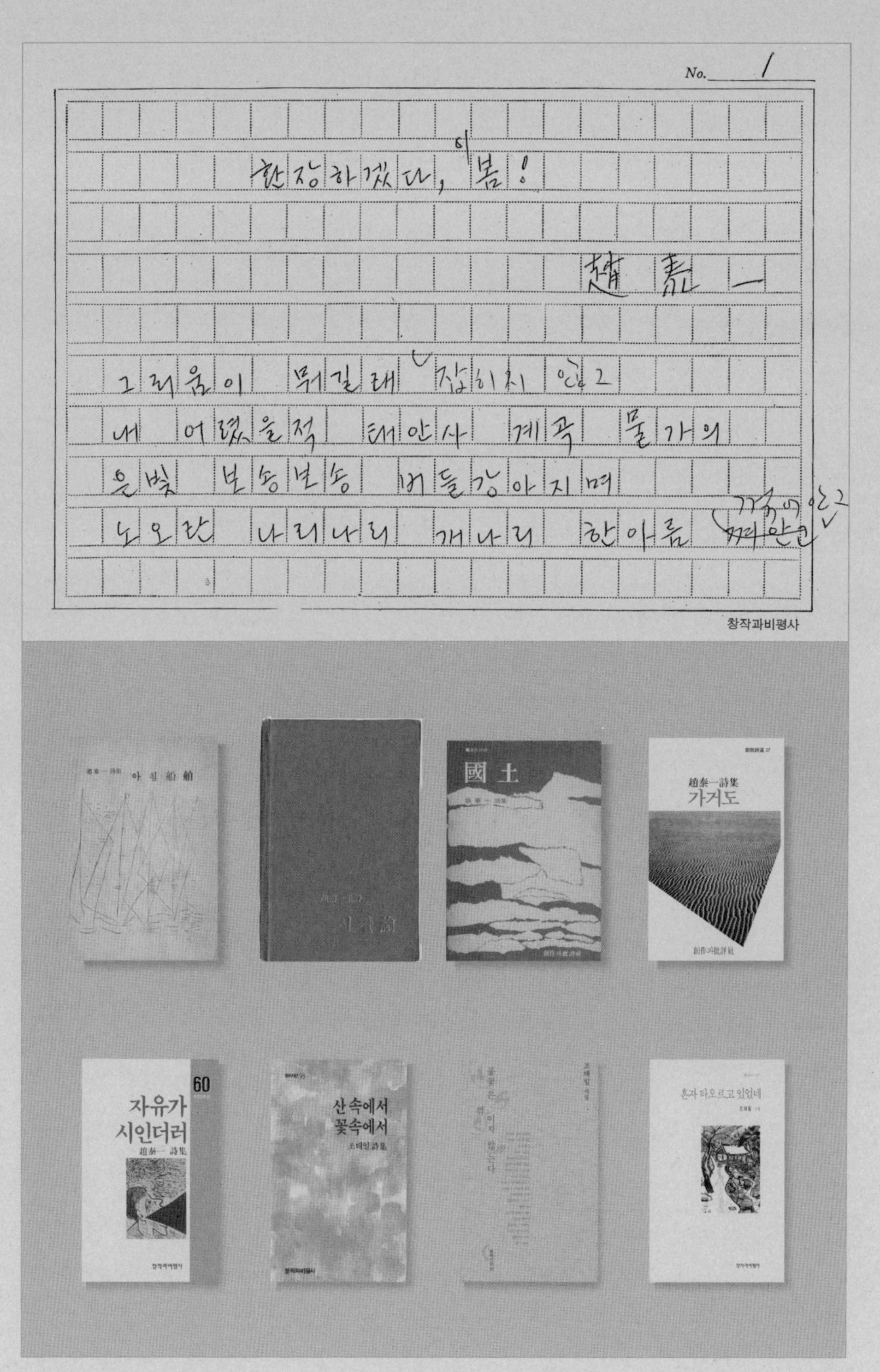
No. 1

환장하겠다, 이 봄!

趙泰一

그리움이 뭐길래 잡히지 않고
내 어렸을적 태안사 계곡 물가의
은빛 보송보송 버들강아지며
노오란 나리나리 개나리 한아름 꺾어안고

시인의 육필원고와 생전에 출간된 시집들.

2003년 9월 7일 전남 곡성군 태안사에 건립된 조태일 시문학기념관 개관식

조태일 전집

조태일 전집

시

01

이동순 엮음

창비

일러두기

1. 『아침 船舶』(선명문화사 1965) 이후 단행본 시집을 간행연도순으로 수록하고 미간행 유고는 마지막에 실었다. 작품 수록순서는 단행본 시집의 것을 따랐다.
2. 한 작품이 이후 시집이나 선집에 재수록된 경우 처음 출간된 시집에 실린 작품을 정본으로 했다.
3. 명백한 오자는 바로잡고 띄어쓰기는 현행 표기법에 따랐으며, 제목과 본문의 한자는 가급적 원본 그대로 두었다.

차례

—

國土

—

—

자유가 시인더러

—

아침 船舶

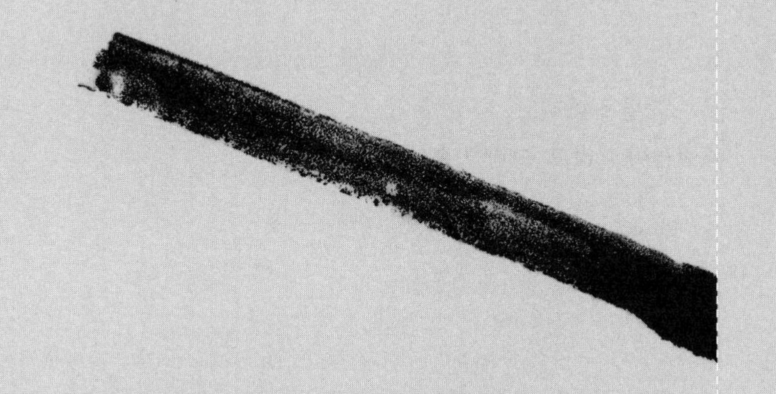

밤에 흐느끼는 내 肉體를

1

누가 알어?
日常을 사로잡는 肉重한 가난에
던져진 눈물을,
눈물에 스민 內亂, 방정맞게 기어오는 故鄕을.

어린 成長을 흔들고, 一躍
童話의 主人公을 만들어주고
달아난, 山이마 위에서 뒹구는 砲聲.
무얼 또 궁리해?

溪谷을 빠져, 개울물 흐르고
나뭇잎, 내 가시내의 허벅지도 흐르면
뒷山 열매 익던 소리.
樹木들은 일제히 食慾을 뿜어올렸다.

2

무슨 기별을 바래?
原因들이 깔리고, 그림책 속의 公主님,

가장 情緖的인 內衣여.
무덤 위에 던져진 死者들의 人格이여.
받아라, 받아라,
키 큰 하늘 아래서 서성이는 내 品位를.

해매임의, 思辯의 나라에서
돌아와 본다.
불꺼진 火爐와, 內容이 빈, 빈 술병,
가까이 누워 있는 젊은 時間의 사나이.
이 사람이 나던가? 참말 나던가?

3

犯罪가 달리고,
사랑이 脫營한, 그러나 無敵의 肉體를
누가 알어?
누가 알어?
내 밤의 흩날리는 機密을,
함부로 떨고 있는 황홀한 無能의,
밤에 흐느끼는 내 肉體를.

골목 有感

잊혀진 것들.
내 조용한 步行을 반겨, 너희는 있다.
사람들이 지나간 다음의 고요 속에,
行人들의 포켓 속에서 버려진 生活의,
저, 住宅을 넘어선, 休紙거나 感情들.

살아서 남은 작은 生靈들,
그들의 하루는 작은 領土의,
버려진 것이어서 아름다울까?
잊혀진 것이어서 幸福할까?

귀를 주면 野蠻의,
귀퉁이에 밀려진 표범이거나, 들소들의
遺骨을 향한 아우성이 오고,
저 골목의 어구를 보아라,
한쌍 개의 날쌔인 生命의 規定을.
흔들리는 골목에서 비껴가는 사람을.

사람들은 두고 나온 침실을 聯想하며
발걸음도 황홀히
性急하지 않다!

항상, 낯선 사람들의 盲目과
이웃들의 握手가 던져진 여기
過程을 벗어난 것들,
밝은 햇살을 보듬고 뒹구는 言語,
황급히 내려앉은, 하늘 한 귀퉁이.
風景들은 그늘을 늘이고,
매달리는 나의 戀歌.

사람은 房이 있어,
조그만 것의, 조그만 사랑마저 잊어갔다.
나는 여기에 무엇을 두고 갈까?
이 조용한 午後, 조용한 領地나 피워물고,
잊혀진 것이나 되어볼까?
버려진 것이나 되어볼까?

다시 鋪道에서

고향을 찾아서
홀로 일어서는 秩序.
風景들은 季節에 기대어
부산히 都市를 내왕하면서
벙어리가 되는 삐에로가 되는,
여기는 어디일까.
너와 나의 營養이 脫營한 年代 위에서
그들은 다만, 하나를 붙잡는다.

수다스런 房의, 비뚤어진 書齋의,
변두리를 누비던 思考의 깊숙이,
어둠이 내리는 肉體를 털고
흩날리는 記憶을 눕히면,
나의 성가시고, 목마른 智慧는
하늘을 기어올라, 하나를 붙잡는다.

時間 밖에서만 安住할 수 있고,
높이 높이서만 굽어볼 수 있던,
이제 나지막이 흐느끼는 太陽의,
둘레에 처절히 걸려 있는 저 눈물을
一九六○年代의 피로한 아우성을.

맨발의, 모든 것이 뜨겁게 느껴오는
맨발의 鋪道에서
나는 鋪道의 아들,
나는 鋪道의 王子,

뿌려주고 싶다.
흔들어버리고 싶다.
故鄕을 찾아서 홀로 일어서는
秩序 앞에,
내 이웃의 血脈에.

煖爐會 1

1

떨리는 세계를 말하면서
황폐한 食卓의, 무게 밑에 깔리운 知性.
性慾에 찬 새들은 노래를 부르고,
재빠른, 누구나 할 것 없이 따라간 年代를
잔에 따르면서
성난 女人을 마시고, 千의 肉體를 마시고,
누워버린 사람들.
피부에 솟아난 食慾과
오랜 날을 찾아 헤매던 안타까운 사랑을 훔쳐간
摸糊한 이웃의 손들이여
친친 감겨오는 時間, 움직일 수 없는 肉體의 고요에서
그지없이 뜨거운 場所에서 벗어나라.
벗어나라, 황홀한 爭鬪여.

2

남루한 意識의 비탈을 내려가 본다.
앉아 있는 女人.
겨울새는 옆에서 무수히 날으고

떠나간 男子들의 타다 남은 誘惑.
煖爐가 흔들리면 부끄러웠던 過誤들.
일렁이는 火器에서 죽어간 젊은 時間들.
女人의 빈틈없는 피부에 걸려 있는,
殘忍한 別歌여, 흐느끼는 외로운 즈로즈여.

3

이 아침의 늦어버린 起床.
눈을 뜨면 黃金의 幻想들
女人은 머리를 빗으면서 엉킨 時間들을 빗으면서
서서히 일어서고 있었지.

어느 때이고 출렁여오는 忘却의,
아래, 아래, 퍼져버리는 노래.
밤새 매달린 窓邊의 音聲들.
저쪽에서 비척거리는 아침이 오고,
太陽 아래, 비껴가는 時間들.

떠나가게 하라.
저 光輝의 빛발치는 곳에
나는 나를 눕히게 하라.

煖爐會 2

우리들의 房은 音樂이었다.
기어드는 햇살을 막고,
낮은 音程으로 펄럭이는 커틴.
音樂의 골짜기마다 아로새겨진,
발가벗은 道德과
괴로워하는 肉體의 革命은
다시 일어나고 있었다.
—두려운걸요.
—당신의 노란 스카프가 좋군.
世界는 어느덧 우리들의 팔다리에서 타오르고,
몇권의 書籍들은, 저기 저렇게 拍手를 치면서
盲目의 眞理를 잡아먹고 있었다.
잡아먹고 있었다.
한잔의 커피와, 진한 입술의 겨울날,
사실, 젊은 戀人들은 휘파람을 불면서
煖爐 곁을 비껴가고 있었다.

우리들의 房은 裸體였다.
窓가에서 時間은 부끄러운 듯,
멈춰 있고.
나는 여러번 동안이나 미쳐 있고.

눈이 내리는 房의 어느 곳에서나,
革命은 일어나고 있었다.
자고 일어나면 막연히 나부끼는 人民들의 어디에서나,
쌈싸우는 住宅들의 어디에서나,
미워하는 것들이 있었다.
어린 文章들이 나의 肉體를 감쌀 때
드디어 나는, 사랑을 배웠었다.

肉體의 모호한 부분을 기어다니는 音樂은,
흐트러진 머리카락에 위태로이 걸려 있고,
神은 귓전을 기어다니다가
당신의 피부색만큼 짙어지고.
한모금 담배연기 속에서 나는,
당신의 智慧 속에 묻혀 있었다.

우리들의 이마와, 입술의 어디쯤일까,
時間은 발가벗었고.
—눈이 내린다는 理由만으로 나는 미칠 수 있어요,
저 눈보라처럼.
—암, 미쳐야지. 미쳐야지.
內衣마다, 不安한 神들은 눈을 뜨고.

어머니들은 추운 겨울날,
나와 당신의 靈魂을 어루만지는
아아, 詩가 하이얗게 흩날리는
겨울 거리,
나는 사랑의 獨裁者였다.

숲과 幻

내 意見의 이랑에서
치마를 걷어올린 勇進의 숲.
새들은 날개에, 가난한 戀歌를 달고,
부끄럽게 따라다니는 바람난 音聲들.
재빠른 팔다리에 猛獸들은,
日月을 매달고 永劫을 출렁이고,
뒤따르는 槍끝, 비끼면서 울멍이는 숲.
사이에 忘却의 나라로,
거칠게 흐르는 山물,
번쩍이는 魚族들.

숲에 기대어 열심히 펄럭이는 下體의
아름다운 實感의, 아 能動의 장소에서
意志 안에 솟아난 過誤의 끝을 지나서,
世界人의 늠름한 이마를 건드리는
우울한 內衣의 內亂들.

비로소 상처의 눈을 뜨는 處女들은 아는가,
뱀의 황홀한 알몸의 信仰과, 잔인한 끈기를.
生成의 殺害의, 격렬한 힘이 分配되고
다수의 人格이 誘拐되는

蠻人들의 머리 위에 걸려 있는 道德을.

大衆의 끊임없는 응시를 빠져나온
책갈피의 치열한 事件을 時間을,
서울의 他人들이여. 뽑아들고
信義가 빠져나간 치맛자락을 흔들어버려라.
그리하여, 나의 숲을, 詩를
항상 나의 獨斷인 住宅 위에서,
사랑하라. 사랑하라.
서울의 이웃들이여,
여기는 불붙는 나의 숲,
나의 모퉁이에서 서성여라.

내 意見의 이랑에서 타오르는 天國
기어오는 音樂이 돌진하면,
感化받는 言語와,
숲에 기대인 下體의 쓸쓸한 抗辯.

아침 船舶

1

아침 바다는 叡智에 번뜩이는 눈을 뜨고
끈기의 저쪽을 달리면서

時代에 지치지 않고, 처절했던 同伴의 때에,
쓰러진 時間들을 하나씩 깨워 일으키고.
저, 넘쳐나는 地平의 햇살을 보면
淸明한 날에 잠깨는 出港.

洗手를 일찍 끝낸 女人들은
탄생을 되풀이한 오랜 陣痛에
땀배인 內衣를 벗어 바다에 던지고,
파이프에 男子들은, 두고 온 年代를 열심히 피워문다.

2

철저한 自由를 부르면서
흐느끼는 深淵, 그 움직이는 고요.
가파른 正午의 한때를,

理解만이 남고 오직 進行이 있을 때
당황하던 波濤를,
食慾을 거느린 별들이 주워들고 멀리 떠났다.
험한 海峽엔 그러나
意志를 철썩이는 잔잔한 파도의 無聊.
밤새워 海邊을 지키던 새의, 辭緣은 남고.
純粹의 깊이에서 일어서는 書籍들의 눈부신 抗辯.

—아직 寢室에 누워 있는 者들도 한번은 떠날 것이다.
休息의 때가 오면 敗北의 옷자락을 가다듬을 꼭 가다듬을
늙지 않는 아우성, 同族을 꺼려하는
쓸쓸한 視線들도
한번은 떠날 것이다.

3

우리에게 주어진 한 개의 原因은
서성이는 곳에 쓰러지지 않는 거만한 拒否.
妥協이 없는 거리를 글쎄,
걸어갈 수 있을까?

信仰은 놓이고 길을 가는 疑問의 날에
찾아온 第三의 치맛자락에 매달린 食卓.
어지러워라.
천둥이 울더라도 흔들리지 않는
確固의 食卓은 없을까?

爭取의 이빨을 내놓기 전
낮에도 눈이 감긴 暗礁의 눈을 뜨게 할 순 없을까.

겨울을 빠져나온 꽃들이 찾아가
피어날 꽃나무는 없을까.
季節이 없어 과일들은 익질 못한다.

4

獲得의 눈이 내리고 있다.
學童들의 꿈길에서 얻어진
멀고 먼 나라의, 가까운 恩惠가 흩날리고 있다.

아침 인사를 받으면서 물러앉은 山.
아침 인사를 받으면서 午後가 되더라도 피로하지 않을

하이얗게 움직이는 船舶이 있다.

우리 젊은, 우울한 船長에겐 무엇을 바칠까?
우리의 母國語를,
우리의 손으로 만들어진 나침반을,
우리의 눈에 맞는 색깔의, 저 地平을 향해
펄럭일
旗를 바쳐야 한다.

다시 山河에게

1

불꺼진 時間 위에서, 이제 아픈 記憶을 쓰다듬는 나의 山河.
樹木들은 이파리에,
찢어진 地表를 펄럭이고 있지만,
피비린 골짜기마다, 젖어 있는 時間은 뒹굴고 있지만
宣言을 다한 地上의, 彈雨가 내리던
나의 조그만 山河여.
아침 햇살 빗어내리듯,
日月의 가장 슬픈 忍從을 빗어내리는
멀고 가까운 사랑을 뿌리며, 先史의 비는 내리고,
쓸쓸히 돌아간 遺骨의 音聲이 善良한 拍手처럼
山河여, 너의 아픈 記憶 위에 내리고 있다.
넘쳐흐르는 豫感이 아닐지라도
나의 슬픈 山河여.
씨 한톨의 內部에서 부서지는 世界의
오랜 辭緣을 철썩이면서
이젠 깨어날까?

2

山頂에 올라서 나는 너의 치맛자락을 슬프게 붙들고 있다.
將軍들의 아이들이,
꿈의 징검다리를 건너가던 새벽 언제쯤이었던가.
피 흘리며 뚝, 뚝, 지던 時間의 胴體를 문지르며,
너의 옷자락으로 숨어들던 砲聲과
猛獸들의 팔다리에 엉키던 信仰의,
傳言은 무엇이었을까.
彈皮의 고요만이,
피를 말리는 抒情 위에 잠들어 있고,
격한 메아리가 밀리던 바위 밑에서
눈먼 나의 새는 햇살을 쫓고 있다.
그러나 山河여.
나는 너의 形體를 記憶할 수가 없다.
나의 成長을 흔들며 울다 간, 火鳥의 몸부림이,
나의 言語를 흔들지라도,
講義室 구석마다 아로새겨진
眞理의 턱수염을 거칠게 흔들지라도,
너의 우울했던 나날,
砲聲에 묻어간 너의 노래를,

山河여, 너의 色彩를 기억할 수가 없다.

3

學童들의 발끝에서 묻어나는
決意의 아침,
아직 살아남은
原因들을 달래며 아픈 記憶을 씻는 風物들.
오래인 冬眠의, 타다 남은 가지마다, 돌멩이마다,
食慾들의 푸른 抗辯이 묻어 있다.
가녀린 사슴의 뿔 위에 내리던
달빛, 별빛들의 安否여.
너로 하여 사는 歲月이 감기게, 감기게,
나의 山河는
和答하는 風物들을 보듬을 수 없을까.
그리하여 山河는,
이제 나의 獨裁 안에서 차라리
방황하게 하라.
방황하게 하라.

아침 이야기

1

아침은 消耗를 거쳐 나온,
事物들 사이에서 눈을 뜨고,
時間들의 아랫도리에서 눈을 뜨고.
아직 쓰러지지 않는 倦怠를 발길로
學童들은 열심히 차며 달리고 있다.
움직이는 곳에 자리잡은 고요,
둘레에 일찍 脫營한 햇살들이 꿈을 모으면,
서성이며 언짢해 하는 하늘,
바람은 서서히 걸어와 목을 뽑는다.
과일들이 영그는 소리와 營養의 끝머리쯤,
누워 있는 季節은
별안간 食慾을 뿜으면서,
애매했던 內衣를 벗는다.
땀배인 노-트에 老學者는 그릴 수가 없는가.
그때 피리 부는 裸木과, 生動하는 이파리를,
人事를 끝낸 住宅 위의, 햇살의 體積을.

2

겨울밤, 눈은 내 이마 위에서 빛나고
밤하늘은 낮게 서서 움직이고 있었지.
태양을 골고루 나눠먹고, 得意의 눈을 번뜩이는,
별빛이 달려와 日常을 사로잡을 때,
거칠게 옷 벗는, 옷들을
달나라에 걸어두고 꿈꾸는 무덤들.
위에, 외치는 밤새들의 音聲과
감화받는 肉體의 끝에서
나는 울 수도 없는 兵丁이었지.
늠름한 思想의 알맹이와, 가까이 肉迫해 오는 어둠속에서
나는, 별처럼이나 得意의 눈을 번뜩이다,
溺死하고 말았지.
어느 水準만큼 지내다, 울어버리는
짐승처럼이나 슬프게 울면서
— 來日은 運動場에서 달릴 수 있을까.
他人들은 그러나 비껴갈 테지.

3

北極의 氷板 위엔 가벼운 肉體는 지나가고 있을까.
아프리카 熱沙 위엔 肉重한 폭동은 나래를 퍼덕이고 있을까.
노스-코리아의 온돌방엔 統合의 아침은, 눈을 뜨고 있을까.
나의 책갈피 위엔 決意의 눈발이 흩날리고 있다.

항상 苦惱에 춤추는 전신주는,
바람을 붙들고,
흐느끼는 쏘나기에 全身을 맡기면서
그 키만큼 倫理를 높이고
그 부피만큼 사랑을 채우지만,
높아버린 하늘, 앉아버린 나,
나는 全身을 허락하면서,
줄지어 비껴가는 學童들의 곁에서
天使를 붙든다.
演習을 다 끝낸 生活의 어디쯤에서
나는 울어야 하는가.
住宅 사이를 서서히 흘러가는 고요와,
別歌만이 남아 있는 거리에서
나는 얼마나 크게 울 수가 있을까.

별들이 吐해놓은
일찍 洗手를 끝낸 태양 아래서
主婦들은 家具를 정리하고, 옆에서
家長들은 아침을 피워올린다.

演習 1

나는 내 房을 슬프게 장악하는 兵丁.
내 時間이 흔들리면, 처량하게 흔들리면,
季節의 밑둥이에 앉아 있는 우울.
내 손끝에서 열려오는 純眞의 房, 걸려 있는 내 집념.
멋대로 움직이는 肉體 아래,
우거진 感情을, 不信의 아침을,
나는 언제쯤 知性의 치맛자락을 붙들고,
나는 울어버릴까?
詩 속에서 殺害해버릴까?
차라리 슬픈 地域이라서,
차라리 아름다운 敗地라서
끝없이 溶解되는 나, 떠나는 목소리들.
死者들의 아랫도리를 지나서,
내 피가 외롬에 떨고 있는
밤의 아랫도리를 지나서.
自由가 무성케 자란 無能을,
나의 친한 學童들이 성의껏 誘拐한
太陽을 굴리며 떠나가는 목소리들.

他人의 時間이 흔들리면, 처량케 흔들리면,
나의 울분은 世界를 장악하는 兵丁.

演習 2

선량한 過誤가 누워 있는
忘却의 마을, 나의 무덤 안.
지친 視線들이 눈을 뜨는 時勢다.
끈기의 曲線은 소중한 당신과 나의,
역시 선량한 장소에서 나부끼고 있었지.
어머니 같은, 누나 같은 內衣는,
성난 숨결에 沈沒되고.
철없이 헤매던, 흩날리던 婦人이여.
가장 도덕적인 肉體의 끝에서,
어린 時節의 感激의 꽃잎은 지고,
새들은 나의 血脈에 부리를 박고 열심히 울고 있었지.
'世界의 어디서나 한 사나이를
世界의 어디서나 한 女人을'
우리의 격렬한 房의 어디에서나
神은 쏟아져내리고,
아아 슬픈 어머니, 매달리는 王子.
千의 힘이 감긴 어둠속에서
나는 成長하고 있었지.
時間을 걸치면서 당신은 脫營하고 있었지.
나의 무덤 속을, 쓸쓸했던 어느 겨울날.

演習 3

1

지금 나의 靈魂은 피로하다.
慾情의 가지 끝에 매달린 눈부신 道德으로 하여,
敗地마다 뒹구는 兵丁들의 마지막 銃聲에 대한
戀愛感覺으로 하여,
나는 잠시 울음을 멈춰야 쓰는가.
他人들이 쓰다 남은 時間을 툭, 툭, 차면서
그녀의 玄關 밖,
별빛이 내리는 어구에서
잠시 울음을 멈춰야 쓰는가.

2

별안간 목을 휘감는,
夜營의 나팔의 純粹에서까지
죽음을 豫感하면서 사랑을 보면서,
한잔의 毒한 위스키를 들면,
내 意見의 골짜구니에서,
펄럭이는, 펄럭이는 處女의 房.
어느날은 紙幣가 즈로즈의 榮光을 받으며,

同寢을 서두를 때,
어느날은 人民의 짜증이 統合을 서두를 때,
不滿의 敎室에서 誠意껏 다듬어진
쓸쓸한 太陽이 걸리고,
戰爭의 옷자락을 붙들고 흥분하던 흥분하던,
處女의 房은,
오히려 정확히 쓰러진 屍體였던가.
그때부터 나는 一切를 잃고, 울 수밖에 없었던가.

3

낡은 피리를 불면서,
저기 데모처럼 우수운 氣分을 뱉으면서
밀리는 사슴들, 뒤따르는 人種들.
내 知性의 새끼들이여.
大學 講義室의 필요없는 女學生처럼
나는 따분하다!
수많은 友情이 나의 拍手 소리 속에 묻어올지라도,
나의 無能이 드디어 休息에서 脫營할지라도
나는 따분하다!
그리하여 나의 靈魂은,
이제 女性的인 곳으로 沈沒하고 있는 것일까.

나의 處女膜은*

차라리 진지한 내 홀로의 술잔에서,
僞善의 時間이 감긴 어느,
女學校 講義室에서 破裂됐다면야
덜이나 억울해.

사슴이의 뿔이나, 부엉이의 입부리나,
독수리의 발톱에나 破裂됐다면야
차라리 덜이나 억울해.

五月 내가 누워 있던 殘忍한 새벽은,
寢室은 저 가까운 記憶의 바다로 가
크게 생각하라. 크게 생각하라.

물마른 가지 위,
마지막 人情처럼 걸려 있는,
하루가 지루한 學童들의 上學길에,
처량하게 처량하게 널려 있는
나의, 당신의, 상한 處女膜은
革命으로 破裂돼서 부끄러워라,
부끄러워라. 당신의 兵士의, 詩人의 處女膜도
革命으로 破裂돼서, 정말 원통해라.

아아, 내 작은 한줌의 自由여, 民主여.
나의 상한 處女膜 近處에 웅성이는
고달픈 아우성을 쫓기던 音聲을 듣는가.
무덤이 있다면, 당신들의 나의 處女膜이 다시 만들어지는
무덤이 있다면
나의 處女膜을 마지막, 無事通過하라
저 안타까운 五月의 帝王을 굽어보라.
나의 處女膜은 크게 울고 있어라.

* 『國土』에 재수록되면서 「나의 處女膜 1」로 제목이 바뀌었다.(엮은이 주)

門風紙와 나무와 나와

울어라 울어라 울어라
나는 나를 던져 나무와 門風紙가 춤추면
열리는 하이얀 音色의, 차라리 슬픈 場所에
나를 던져 나는 울어라.
내 가슴 어느 한복판을 지나서
내 핏줄을 따라온 時間,
가장 가파른 비탈에서
피맺힌 목구멍에 KOREA를 매달고
우리 전부 울어라. 울어라.
움직이는 實在여.
나는 몇번 눈을 떠라.
손끝을 따라 流動하는
高句麗의 문지방에서, 시베리아 벌판에서,
나는 몇번 눈을 떠라.
槍끝에 찔린 꽃방석 둘레를 돌아서,
女人의 무릎 위에 던져진 感激의 모퉁일 돌아서
나는 나를 전부 바쳐 울어버려라.
지나가는 나무들을 보고, 나는 울어버려라.

오늘도 조선의 門은 흐느끼고
敗地의 나무들은 흐느끼고

들끓는 나의 母國.

나는 진정 울어버려라.

우리는 진정 울어버려라.

여름 軍隊

1

나의 日月은 옷을 벗고
땀에 젖어 있는 男性都市의
가장 組織的이라 할
가장 賢明하다 할 命令의 턱 밑에 걸려 있었지,
나의 區隊 나의 軍團도 옷을 벗고.
낮이면 햇빛, 밤이면 달빛에 젖어 있었지.
다만 나를 理解할 수 없을 때,
어쩌자고 어쩌자고,
便所에나 樹木 속에나 빠져 있는 달빛 별빛들은
不寢番의 대검 끝에 걸려 있는 故鄕은
내 슬픔, 내 祖國의 重量을 보듬고 있었을까.
밤이면 찾아오는 아가씨 小隊들!
모기라 이름하여 戀人이라 이름하여,
戰友의 피를 취하면서 취하면서 빨고 있었지만,
나의 슬픔만한 덩어리로 달은,
幕舍 위에 걸려 있었지만,
殺害해버릴 수 없었던,
나의 無能은 얼마나 흐느꼈나.
나의 戰友들은 얼마나 흐느꼈나.

2

하루에 세끼,
밥 한 그릇, 국 한 그릇, 다꾸앙 몇 조각.
그리고 무엇이었을까?
나의 피곤한 핏줄을 울린 것은.
美製氏 수우푼 한 개,
아아 밥그릇, 국그릇 모두 美製氏였구나.
나의 핏줄아 흐느껴다오.
거기에 내 조그만 祖國이 빠져 있다는 것을,
구겨진 地圖가 넘치고 있다는 것을,
이 슬픈 슬픈 組織 위에서
나의 핏줄아 흐느껴다오.
貴官!
예! 二三七번 趙泰一 후보생!
精神狀態 지극히 不良!
예! 二三七番 趙泰一 후보생, 精神狀態 지극히 不良!
貴宮! 元氣不足!
예! 二三七번 趙泰一 후보생 元氣不足!
貴官! 姿勢 지극히 不良!
예! 二三七번 趙泰一 후보생 姿勢 지극히 不良!

3

여름 軍隊의 點呼 취하듯 點呼 취하듯,
祖國아 깨어다오.
못사는 나라, 구걸하는 나라 눈치보는 나라의
兵丁들은,
얼마나 흐느꼈나.
詩人의 가슴속에 비 내리듯 비 내리듯,
무너져내리는 祖國의 파리한 얼굴.
못된 나의 習性은
그렇게 달빛에 젖어 있었지.
땀배인 樹木들이 비껴가는 거리 위,
저 軍歌는 누구의 것이었나.
나의 區隊, 나의 軍團은
조용히 햇살로 젖고 있었지.

四月의 메모

四月은 젊음 안에서 눈떴다.
가던 時間은 문득, 그들에게 指揮棒을 넘겼다.
골목에서 움추리던 自由,
가장 靜的인 곳에서 그들은 오늘을 잡았다.

앞에는 바리케이트, 바리케이트.
뒤따르는 少女는 아름다웠다.
軍人의 손가락에 모이던 조용한 期待.
市民들의 발끝에 묻어나던 조용한 凝視,
책갈피에서 얻어진 너무나 무거웠던 智慧,
글쎄, 그들은 눈을 뜨고, 그날을 記憶한다.

짧게 달리던 彈丸은
뒤따르는 少女를 쓰러뜨리고,
住宅들 사이에 짧게 달리던 彈丸은
출렁이는 하늘의, 그지없이 맑던 내 친구의
소리를 죽이고
깊어버린 골목에서,
어두운 思想은 나의 意識을 찢어갔다.
그러나 創造된 四月 속에 서서
그들의 指揮棒은 빛나고 있다.

住宅

皇帝는 피로한 눈을 뜨고
寢室의 女人을 찾아 서성이는 國民의
國民될 條件을 살피고 있다.
하나가 選擇되고 다수가 죽는,
빠르고 覇氣에 찬 전쟁이 끝나면
女人에게서 休息을 出發을 하는 國民들.

우리들은 女人에게서, 무덤에서 출발하고
住宅에서 출발한다.
흔들리는 食慾을 가지고 떠난다.
가지고 온 것은 草木에게나 줘야 하고
皇帝의 목덜미라도 잡아 흔들어야 하고
女人 안에 진즉 무덤이라도 경건히 만들어놓았어야 할 일이다.

어느날 불붙는 난로 속에
나의 速度를 묻어둔 채
깊은 後悔에 젖어버린 생각이 났다.
零下의 비탈에서
방황하고 쓰러지고 뒤늦는 무수한
그들을 생각하며 기어드는 女人을 밀어냈다.

同志를 찾아 서성이고
흔들리는 秩序 안에서 命을 아니 어기는
不信하고, 거치른 視線이 오고 갈 때,
女人이며 住宅은 殺害場所이며
女人이며 住宅은 季節이 도망가는
화려하고, 사치스런 무덤인가?

그런데 별일은
눈이 내리는 밤이면 예사로 더욱 흔들거리고
皇帝는 기가 찼다.
그런데 또 별일은
住宅은 항상 나의 안에서 흔들리고
나의 所重한 知能도 기가 찼다.

우울한 房

1

지치지 않고 妥協도 멀리, 피를 쏟우며
가는 時間 위에 우리를 눕혀
房을 살아라 한다.

神에게 誘拐된 房,
東편의 창이 하나씩 닫혀지고 있을 때
脫營한 몇알 햇살은
窓밖에 서성인다.

쌓아온 犯罪들 사이, 우울한 智慧.
두고 간 發言들은 구석에서 일제히,
일어서며 충돌, 결국,
우리들 위에 쓰러진다. 쓰러진다.

어둠은 대낮을 재우고, 그늘이 늘어진
설합 속에 保留됐던 아우성, 그리고 눈부신 思考.
내 곁에서 나란히 잠을 찾을까?
市民은 각자 잠을 찾을까?

2

우리가 여기 온 까닭은…… 가만히 눈감아보니
神託을 베고, 흔들리는 曲線의 지친 快感,
그래서 結實,
옆에서 時間들은 부끄럽게 成熟했다.

그리하여, 그 부끄러운 寢室의 時間들은
어디로 우리를 인도할 것인가.
妥協도 멀리 가고만 있다.

宇宙의 한쪽, 자꾸만 잃어가며, 잃어가며
巨大한 平和를 勝利를 市民들은,
붙잡질 못한다.

거리 위를 散策하는 平和의 旗幅들.
限量없이 뱉아놓은 住宅들 사이,
感情들에게 침몰당하고,
囚人의 一瞬이 난해한 무릎 밑에서

피로한 勇斷을 내리고

쓸쓸히 外遊의 길을 떠났다.

3

房에 남은 것이란,
술잔을 들면, 술잔 사이에서
悽絶히 깨지는 오늘 안에
不足한 사랑과 自由 몇개와
성난 女人이 있다.

밖에서 서성이는 햇살, 아직 可能은 外面하지 안했다.
쓰러진 아우성을 세우고, 窓을 향하여 突進하는 때,
골목에서 얻은 女人은 골목에 버려야지
천정이 뚫리면 내리는 恩惠는 소중히,
그러나 모든 걸 잊어야지.

外遊의 길을 떠난 것들 잠시
休息處를 찾았을까.
끝내 行方을 모르고, 밝아오는 아침까지
나는 잠을 찾을까.
市民은 각자 밤을 찾을까.

지치지 않고 妥協도 멀리, 피를 쏟우며
가는 時間 위에서,
房을 살아라 한다.

訪問記

어느 겨울날의 戀歌

작은 試圖를 들고 들어가
반가운 房의, 유순한 짐승 앞에 경건히 앉았다.

우리들의 進行은 한갓 沈默,
사이에 황홀히 미끄러져 내리고,
황홀히 흩날리는 것이 있다.
너의 가파른 매니큐어의 비탈에서, 어깨 너머에서
끝내 野合을 거부하던 늠름한 世代의 호흡들.

눈길을 돌려라.
起床하는 것들의 높이만큼, 그들의 가슴 깊이.
테불 위엔 眞理의 强한 털이,
房 안엔 一切의 原因들이 남아 늙어가고
우리들의 눈 속엔 結論이 흐느낀다.

단거리 選手들은 그 코스에 뒹구는 햇살들을
거칠게 殺害하고도,
스파이크에 묻어나는, 팔다리에 엉키는
欲望을 세우고, 時間들을 밀치며 달린다.
性急한 目的은 바로 눈앞에……
나의 安息은 보다 더 강한 攻擊,

너의 安息은 보다 더 조용한 防禦.

나의 눈길은 정확히 날쌔인 欲望으로
저 구석의 다정한 神을 잡았다.
흩어진 房은 거만한 '즈로즈'
男子의 難解한 유혹이 살고,
誘拐된 知性이 눈뜬다.
그러나 理解된 세계 안에선 한마디 목마른 宣言!

우리들은 서로 熱戰하는 兵丁.
장악하고 敗하고 쓰러지면서,
이 殺伐한 一瞬을 피워물면,
妥協은 뜨겁게 타오르고 있었다.
房은 果敢하게 타오르고 있었다.

가시내 幻影

그날 나는,
욕망이 떠나가버려서
책갈피에서 느닷없이 튀쳐나오는
허약한 내 房의, 기별 없이 모이는
그 戀愛가 별나고 하도 하도 신기해서,

나의 마지막 남은 사랑은
女人을 위하여, 平和를 위하여
성실한 畵家가 차려놓은 世界의,
가난한 '가시내' 앞에
人事도 없이 앉았었지.

머리는 치렁치렁 나의 時間들을 얽혀 이고,
두 눈엔 太陽이 젖어 있을 때
울부짖는 野獸를 위하여,
한번 敗北를 위하여,
헤엄치는 쎅스 가까이서, 나는 잠을 잡았었지.

짐승들의 날쌔인 行動이 익고,
쓰러진 屍身들 사이,
그 어둑한 곳에 나를 눕히고!

내 사랑을 눕히고.

너는 상냥한 이브.
불붙는 '가시내'여, 불붙는 '가시내'여!
나는 옆에서 家長이 되어가고 있을 때
너의 두 눈에선 太陽이 서서히 기어나오고,
時間은 廢兵처럼 머리에서 기어내리고,
밑모를 깊이에서,
나는 둥둥 떠 있었지.

都市를 비워둔 市民들

1

그 언저리를 돌아가다 문득, 흔들리고 싶었다.
강렬히 밀려오는 빈 肉身 속의 마지막 憧憬은,
남은 歲月을 위하여.
無邊한 무덤의 목마름으로 하여 分別이 늘어지고,
午後의 피로한 太陽 아래, 누워버린 市民들은
午後의 무게로만 向方없이 휘어지는 낚싯대.
쓸쓸한 狂亂들은
故鄕을 버린 메아리를 부르고 있었다.
메아리로만 열려오는 그렇게 祖上 잃은
꽃망울을 우람히도 가꾸는 버릇에서
돌아오지 않는 彈丸의 標的들, 호올로 남은 그림자는
來日의 戰意에까지 미칠까.

2

都市를 헐고 우리들의 고막을 포장해도,
이젠 理由 있어,
世代를 깨물며 죽어간 짐승들의, 열려오는
始原에의 긴긴 목소리,

한줌의 決意는 하늘과 땅의, 表情 밖.
내일은 나래 잃은 집념으로 피어날까.
무덤 위의 抒情이 꽃잎같이,
마지막 피곤을 모르는 酒幕을 향하여
서서히 사랑을 줍고 있을 때,
悔恨마저 붉게 타오르고 있었다.
환히 밝아오고 있었다.

3

제 피를 굳어진 意識과 思惟를,
꼭꼭 짓씹으며 서성이는 그들.
돌아갈까, 그냥 흘러가버릴까, 이 길을.
흐름을 계속하는 바람은 定着地點이 없다.
市民들의 目的은 가난한 世界를 同情하고,
슬픈 아우성을 꺼려하는 데만 있었을까.
꽃이여,
꽃이여.
찢기어진 오늘 안에 都市를 떠나,
우리들의 思惟는 오늘,
무엇을 향하여 오로지 붕괴하고 있을까,

저 언덕에 그지없이 서성이는 사람들.
다만 새벽이, 그들에게 새벽이 잠시,
까마득한 地平의 눈물의 午後,
잿빛으로 뒤덮인 光輝.
아, 맑은 그리움이 피었다.

斗衡이들

1

어느날 房에서 나는,
斗衡이를 만나보았다.

四面의 窓들이 어둠을 달래는
흐느끼는 朝鮮의 가슴 앞에.

그는 無言의 손을 흔들고는,
壁을 밀며, 壁 속으로 사라져버렸다.

꿈이여, 꿈이여.
다시 한번 再會를, 그 얼굴을……

그는 시종 웃었지만, 사랑이여.
그는 一切를 잃었지만, 사랑이여.

誘拐된 時間의, 어두운 房에서
어린 知性은 흔들리고 있었는가.

2

그날, 門을 열고 햇볕이 多情한
거리 위를 나서면서
無數한 斗衡이들을 보았다.
그리고 나의 몸에서 斗衡이 냄새가 나고 있음을 새삼 알았다.

神이여, 우리들을 풀어주시고
神이여, 당신의 願하심을 말하라.

七行詩抄

1

산너머 무덤이, 흩어진 年代를 받치며
일제히 일어서고 있을 때 選擇되는 過誤들.
內室에선 헤일 수 없는 生命이 또한 保留되고
산자락 덮고 이 밤을 새울 풀잎들이 다스리는 고요,
헐렁이는 肉體들 사이, 빠져가는 時間들,
좀더 가까이서 무엇을 노래할 것인가,
우리는 항상 무덤 위에 떠 있다.

2

下血이 심해 울어 울어 지내오신다는 어머니의
날 定해두고 서방님 맘 아니 들어 울어 울어 지낸다는 가시내의,
내 頑强한 손을 흔들어, 房을 흔들어버린 消息.
이 囹圄의, 가장 아픈 때를 보아
기어드는 햇살 속에 누워 있는 屍身.
옆에서, 그 피, 그 맘 훌훌 마시고
몽롱한 눈을 뜨니, 아 下門에 다다른 내 意識.

3

서울의 鋪道 위엔 戀愛選手들의 홍겨운 步行.
銀行窓口엔 가난한 눈들이 부서지고 있다.
얼마나 흐느꼈을까, 이 나의 謀議는.
멀리서 돌아가고 가까이서 죽어가는 이 한때를 기다려,
떠나게 하라, 수습할 수 없는 이 나의 肉體를.
가난이 조용히 숨죽여오던 房 안에서
떠나게 하라. 항상 不倫의 내 試圖를.

서울의 街路樹는

서울의 街路樹는
행여 놓칠까, 아리랑을 보듬고
안타까운 所望을 펴,
高句麗의 사나이들이, 新羅의 處女들이 보내준 숨결을.

서울의 街路樹는
낯선 손님들이 지나가면
행여 치마가 펄럭일까, 바람을 잠재우고
아리랑을 보듬고 하늘을 두르네.

서울의 街路樹는
敗地에 울멍이는 나의 戀歌.

잎은 地上의 아우성을, 所望을 所重히,
무거운 무게로 떨어져
地下에서나 울어줄까?

그 어느 만큼서 울다 울다가 목메이면
슬픈 허리띠를 돌아, 다시 솟아줄까?

나는 音樂이 되어

서울의 가슴을 울어줄 門風紙가 되어
서울의 街路樹, 서울의 이파리에 매달려,
지나가는 내 이웃의 슬픈 步行을 보네.
지나가는 그 머리 위에 조용히 내려앉네.

處女鬼神前上書

당신의 內室을 녹크하는 가을은
당신의 親愛하는 新郞.
나와 당신의 靈魂이 방황하는
찢긴 하늘 한 귀퉁이에서
그러나 항상 위태로운……
들으십니까?
붉게 물든 내 血脈을 문지르며
肉體를 흔드는 귀뚜라미의 肉聲을.
보십니까?
손을 들면 그지없이 맑은 日月이
주렁주렁 열리는 것을
그리하여 맑은 IMAGE의 反亂을.
황홀한 季節 밑에서
나의 沈默과 번뜩이는 決意로써
그리하여 나는, 가을을 殺害하였지.
잊혀진 무덤들이 일제히
일어나 걸어오는 성난 黃土길 위에서
나는 당신을 맞는 親愛하는 新郞.
食慾이 부족한 태양이
추락할지라도,
그러나 항상 不滿인.

과일들이 익어 터지는 소리들이 바다를 이루는
果園에서 항상 不滿인.

물동이 幻想

어느날 山모퉁이를 돌아가다
깨진 물동이에 고인 물을 보았는데 말이다.
요것은 총각이 山나무 하러 가서
山물 떠오는 처녀를 만나서 말이다,
요렇게 된 것인지 혹 몰라.

그런데 그런데 말이다.
깨진 주둥아리 새로 하늘은 넘쳐흐르고
山그림자도 흘러흘러 가고 말이다.
山말만 고여 있는데
내 일찍 들어보지 아니한 아베 음성인가 혹 몰라.

어느날 저녁 달빛 타고 흘러온 총각이 말이다.
"니 옆에 누워 있는 어메는 山속에서 한번 본 처녀 얼굴인데……"
그뒤 총각은 달빛 속으로 흘러가버렸는데 말이다.
그 사람 아아 그 사람이
내 아벤가 혹 몰라.

그러면 그러면 요 고인 것이
남 몰래 나 몰래 흘리던 어메의 눈물이라면

아베 무덤 파 쏟아줘야 할 텐데 말이다,
어메는 도시 아베 무덤을 아니 가르켜주니 말이다,
아벤 살아 있는지 누가 알어? 혹 몰라.

그런데 말이다.
그 꿈속의 총각을 여기서 보고 싶은데
고 얼굴은 아니 보이고 山그림자 山말만 도사리고
하늘만 흘러가니 말이다,
아벤 지금은 다른 처녀귀신과 누워 있는지
누가 알어? 누가 알어? 혹 몰라.

그래서 그래서 말이다.
내 울 엄메 생각타 생각타
하늘을 쳐다보니 말이다.
고 꿈속에서 본 그이 얼굴 같은 어쩌면 내 얼굴 같은
꼭 나만한 사람이 하이얗게 움직이며
하늘 위로 위로 사라지는 걸 보았는데 말이다.
아베는 내 거동을 살피고 있었는지
혹 몰라, 몰라.

그런데 참 모를 일은 말이다.

내 다시 깨진 물동이를 내려다보았는데
山말은 들리지 아니하고 말이다,
하늘 그림자만 넘쳐 흐르고
아까보다 더 많은 것이 고였는데 말이다,
아베 눈물인가 어메 눈물인가 내 눈물인가
정말 정말 몰라.

눈이 내리는 곁에서

불붙는 나의,
눈이 내리는 곁에서 무덤으로 통하는
理解된 나라의 萬能의 房은
서성이는 사랑을 알리라.
世界가 빠르게 비껴가는 좁은 골목에서도
한 개의 억센 肉體와
한 개의 두려워하는 머리칼 위에 떨어지는,
사랑 같은 것 미움 같은 것을 알리라.
어찌하여 불붙는 나의,
눈이 내리는 곁의 房을 나왔을까.
술을 아니 마실 수 없다는 것,
지저분한 詩를 아니 쓸 수 없다는 것을
이제사 조용히 알리라.

公主님들의 정말 지저분한 下門 주변에
눈이 내리면, 눈이 쌓이면
帝王이여, 學者여.
毒한 火酒의 意味 속에서
고요한 목소리를 들으리라.
하이얀 抗辯의, 그지없이 痛快한 소릴 들으리라.

이 純色의 바탕에서 뒹굴면서
나는 드디어 알리라.
겨울새들의 언짢은 목소리를 마시면서
哲人은
다만 눈이 내리는 곁에서 나를 알리라.

몇사람은 택하고,
몇사람은 버릴 수 있었지만
지나간 나의 日常에서, 예사로 미쳐본
나의 房은 알리라.
哲人은 알리라.

대낮에 그린 그림

뉘 것일까.
떼 벗겨진 무덤가에 구름 그림자 붙들고
바람 따라 흐느끼는 머리칼 한 올.

뉘 것일까.
성난 鋪道를 베고 아우성에 귀기울이는,
時間 따라 흐느끼는 고무신 한 짝.

뉘 것일까.
病난 봄 房의 한나절, 벽 사이,
누워 있는 고요를 굴리는 사나이.

아침 戀歌

나는 슬프지 않네,
끝없는 방황이 열리는,
여기는 나의 오히려 多情한 무덤.
까마귀 울음에 아침이 깨어 비척거리면,
端坐한 물동이에서 祖國이 잠깬다,
나의 寢室도 잠깬다.
한모금의 찬물 마시고 外出해야지,
그래서 물동이에 고여 있는 저것이,
저녁내 흐느끼던 KOREA의 눈물이라고,
西녘 하늘을 가던 樵童의 배고픈 눈물이라고,
한모금의 아침 찬물을 나는 마셨네.
둘러보아도 폭풍뿐인 不信뿐인
땀 흘리는 散漫의 장소에서
나를 흔들고 떠나는 것을 보네.

音樂이 옷 걸치는 난해한 숲속에서
아침을 차며 山脈을 뛰어오르는 짐승을.
둘러보아도 恨뿐인 가난한 音聲뿐인
나의 封窓에서 서성거리는,
늙은 幻覺만을 아침의 空腹만을.

여기를 빠져나가야,
저 싸립문을 열고 나가야,
오늘 하루가 부끄럽지 않겠네,
너와 나의, 끝끝내 하나뿐인 勞動은
너와 나의 하늘 어디만큼서 뒹굴고 있을까?
새들의 짐승들의 休息은 끝났을까?

나는 슬프지 않네.
끝없는 摸索의 여기는 나의
오히려 多情한 무덤인가?
決意의 무덤인가?

講義室에서 얻은 이미지

서로 다투며 女學生들이
늙어가고 있을 때, 그만큼 언짢을 때,

握手를 나누는 親愛하는 내 친구들,
파이프에 時間을 피워물고
時間의 어지러운 屍體 속에 파묻혀 있을 때,

처량하게 門 여는 老學者님.

우리 서로 울어버리지,
외로운 한때를 眞理의 턱 밑에서

鬼神이라도 한 마리 품에 안으면서
猛獸라도 한 마리 품에 안으면서.

눈깔사탕

나의 가슴 안 가장 쓸쓸한 곳으로
비 내리듯 비 내리듯 내리는 不滿의 處女들.
그들은 어느 때나 食慾을 느끼고,
무엇에 있어서나 그들은, 盲目的이다.
生活에 관해선 신경질적이고,
共和國의 일에 관해선 무관심하고
그러나 나의 파리한 肉體에 관해선
殘忍한 짐승의 習性으로 항상 內亂을 일으킨다.

그래, 조용히 말할 수 있는 장소가 있다면
그래, 조용히 흐느낄 수 있다면

賞品 주듯, 賞品 주듯,
눈깔사탕을 주고 싶다.
눈깔사탕을 받아먹어라.
적당히 뜨거운 唾液으로 녹아내리리라.
거기 난해한 共和國은 分解되어 흐를 것이고,
나의 肉體는 늠름하게 흐를 것이고,
生活은 그냥 찌꺼기로 남을 것이다.
그리하여
나의 가슴 안 가장 쓸쓸한 곳은
어쩔 수 없는 너희들 喊聲으로 充滿할 것이다.

식칼論

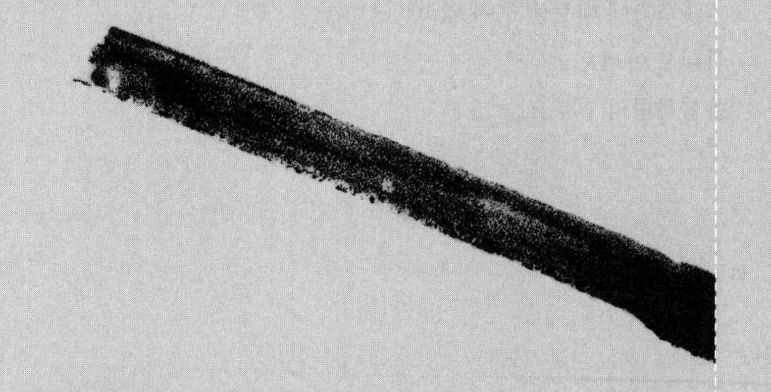

식칼論 1

창틈으로 당당히 걸어오는
햇빛으로 달구었어!
가장 타당한 말씀으로 벼리고요.

신라의 허황한 힘보다야 날카롭고
井邑詞의 몇구절보다는 덜 애절한
너그럽기는 무등산 허리에 버금가고
위력은
세계지리부도쯤은 한 칼이지요.

흐르는 피 앞에서는 묵묵하고
숨겨진 영양 앞에서는 날쌔지요.
秘藏하는 데 신경을 안 세워도 돼,
늘 본관의 심장 가까이 있고
늘 제군의 심장 가까이 있되
밝게만 밝게만 번뜩이면 돼요.
그의 적은
六法全書에 대부분 누워 있고……
아니오 아니오
유형무형의 전부요.

식칼論 2

허약한 詩人의 턱 밑에다가

뼉따귀와 살도 없이 혼도 없이
너희가 뱉는 천 마디의 말들을
단 한 방울의 눈물로 쓰러뜨리고
앞질러 당당히 걷는 내 얼굴은
굳센 짝사랑으로 얼룩져 있고
미움으로도 얼룩져 있고.

버려진 골목 어귀
허술하게 놓인 휴지의 귀퉁이에서나
맥없이 우는 세월이나 딛고서
파리똥이나 쑤시고 자르는,

너희의 녹슨 여러 칼을
꺾어버리며, 내 단 한 칼은
후회함이 없을 앞선 심장 안에서
말을 갈고 자르고
그것의 땀도 갈고 자르며

늘 뜬눈으로 있다
그 날카로움으로 있다.

식칼論 3

憲法을 위하여

내 가슴속의 뜬눈의 그 날카로움의 칼빛은,
어진 피로 날을 갈고 갈더니만
드디어 내 가슴살을 뚫고 나와서

한반도의 내 땅을 두루두루 날아서는
대창 앞에서 먼저 가신 아버님의 무덤 속 빛도 만나뵙고
반장집 바로 옆집에서 홀로 계신 남도의 어머님 빛과도
만나뵙고
흩어진 엄청난 빛을 다 만나뵙고 모시고 와서
심지어 내 男根 속의 미지의 아들딸의 빛도 만나뵙고
더욱 뚜렷해진 無敵의 빛인데도, 지혜의 빛인데도,
눈이 멀어서, 동물원의 누룩돼지는 눈이 멀어서,
흉물스럽게 엉뎅이에 뿔 돋친 황소는 눈이 멀어서,
동물원의 짐승은 다 눈이 멀어서 이 칼빛을 못 보냐.

생각 같아서는 먼눈 썩은 가슴을 도려 파버리겠다마는,
당장에 우리나라 국어대사전 속의 '改憲'이란
글자까지도 도려 파버리겠다마는

눈뜨고 가슴 열리게
먼눈 썩은 가슴들 앞에서

번뜩임으로 있겠다. 그 고요함으로 있겠다.
이 칼빛은 워낙 총명해서 워낙 관용스러워서.

식칼論 4

내 가슴속의 어린 어둠 앞에서도
한번 꼿꼿이 서더니 퍼런 빛을 사방에 쏟으면서
그 어린 어둠을 한 칼에 비집고 나와서
정정당당하게 어디고 누구나 보이게 운다.
자유가 끝나는 저쪽에도 능히 보이게,
목소리가 못 닿는 저쪽에도 능히 들리게
한번 번뜩이고 한번 울고
번개다! 빨리 여러번 번뜩이고
천둥이다! 크게 한번 울고
낮과 밤을 동시에 동등하게 울고
과거와 현재와 까마득한 미래까지를
단 한번에 울고 칼끝이 뛴다.
만나지 않는 내 가슴과 너희들의
벼랑을 건너뛰는 이 無敵의 칼빛은
나와 너희들의 가슴과 정신을
단 한번에 꿰뚫어 한 줄로 꿰서 쓰러뜨렸다가
다시 일으키고, 쓰러뜨리고, 다시 일으키고
메마른 땅 위에 누운 나와 너희들의 國家 위에서
아직 오지 않은 미래를 끌어다놓고
더욱 퍼런 빛을 사방에 쏟으면서
천둥보다 번개보다 더 신나게 운다
독재보다도 더 매웁게 운다.

식칼論 5

왜 나는 너희를 아슬아슬한 재치로나마 쉽게 못 사랑하고,
너희가 꺼리며 침까지도 빨리 뱉는
내 몸뚱아리까지도 아슬아슬한 재치로나마 쉽게 못 사랑하고,
도둑의 그림자가 도둑의 그림자를 사알짝 덮치듯, 그렇게나마
못 만나고,
너희들이 피하는 내 땅과
내가 피하는 너희들의 땅은
한번도 당당히 못 만나는가.
땅속 깊이 침묵으로 살아서
뼈따귀가 뼈따귀를 부르는
저 목마른 음성처럼,
땅속 깊이 아우성으로 흐르는
저 눈물 같은 물줄기가
물줄기를 만나는 끈기처럼,
만나지 못하고 왜 사랑하지 못하는가.
내 홀로 여기 서서
뜨드득 뜨드득 이빨 갈듯이
내 정신만을 가는가.
내 의로운 살결은 살결끼리 붙어서
시간을 가는가. 아아 칼을 가는가.

보리밥

건방지고 대창처럼 꼿꼿하던
푸른 수염도 말끔히 잘리우고
어리석게도 꺼멓게 익어버린 보리밥아
무엇이 그렇게도 언짢고 아니꼬와서
나를 닮은 얼굴을 하고
끼리끼리 붙어서
불만의 살갗을 그렇게도 예쁘게 비비냐.
무릎을 꿇고 허리도 꺾어
하염없이 너희들을 보고 있으면
너는 너무도 엄숙해서
농담은 코끝에서 간지러움으로 피고
가슴속엔 더운 북풍이 인다.
너희들이 쾅쾅 칠 땅은 없고
바람 끝에나 매달리면 어울릴 땀을
다 뒤집어쓰고 나더러는
고추장이나 돼라 하고 나더러는
아무 데서나 펄럭일 깃발이나 돼라 하고
탱자나무 울타리 위에
갈기갈기 찢겨 널리던 바람처럼
활발하게 살아라 하느냐.
멍청한 보리밥아.
똑똑한 보리밥아.

털난 미꾸라지

고춧가루 섞인 바람 속에서
쩔쩔매는 내 五官과 손금은
지난 여름의 영산강처럼 뜨겁게 우는데,

빙판 같은 아스팔트의 뱃가죽에 배를 깔고
一字로 슬금슬금 기다가 느닷없이
∞字로 ∞字로 팔딱팔딱 뛰기도 하는
저놈의 몸뚱아리는 미끄럽게 긴 독재

실바람에도 뿌리째 흔들리는 간살스런 나무들이
황송하와서 허리 꺾어 어거지로 토해놓았냐.
썩은 물 고인 웅덩이가 뒤집히다 토해놓았냐.

우리들 손의 기본은 철망 같은 손금인데
열 개의 곧은 손가락, 털 안 난 열 개의 손톱인데
안 보이게 굽이치는 핏줄의 아우성인데

열 손가락으로 움켜쥐고 내동댕이칠라 하면
꼬리부터 태연히 빠져나가는
털 났지만 미끄러운 미꾸라지야, 미꾸라지야,
저 도회 건너 도망치는 산으로 가서

햇볕 영 안 드는 바위 밑에 도사리고 앉아
자기 살 뜯어먹는 짐승이나 될 일이다.

文章

1

書齋에서 번쩍이는 눈을
여기저기 굴리면서
끈적이는 어둠을 핥아내리는 아침은
흰 머리를 풀어 세상을 가리면서
돗대기 시장에나 만원인 자유를 누린다.

책장을 넘기면서 떨리는 손끝에
먼 데 수탉의 홰치는 소리라든지
인류의 살 속으로 피 도는 소리 가깝게 머물면
천지에 가득 감기는 나의 朗讀,
보리벌레, 쌀벌레, 깨벌레, 녹두벌레,
낱낱의 낱말은 살아나서
끼리끼리 충동하니 문장은 살아나서
그 은근한 긁음!
내 살빛을 긁아 목소리를 충동하고
남몰래 흘리는 눈물을 긁아
아직 안 일어난 家具들을 충동하면
아침은 저기 저렇게
하얗게 움직인다.

2

발 아래 아래 출렁이는 영원을 딛고서
수염도 꿋꿋이 미쳐 사는 턱을 들어
저 전장의 바람 속에나 촉촉이 내리는,
이슬을 보고 있으면
톱날 선 시간을 딛고서 절룩이는 목발의 유년이 오고
두터워 겸허하기 한량없는 내 발바닥은
피를 흘린다.

전장이나 생활의 어디에 서 보나 마나
황해에서 동해로 뻗은 길고긴 殺母蛇.
그렇게 우리의 가슴과 가슴을
외국산 문장은 가로질렀다.
그 혀의 날름거림 아으, 그 이빨!
꼬리를 치며 머리를 들어
목소리를 휘어감고 살빛을 휘어감고
아으, 우리의 영혼까지도 휘어감네.

3

늘 태연하게 넥타이를 매고 우리는,
허리띠를 단단히 동여매고
저녁으로 스며들어
아침으로 빠져나오나부다.

홍은동의 뻐꾹새

미친년, 미친년, 미친년, 미친년이네
침도 마른 혓바닥을 벌겋게 늘어뜨리고
불붙는 날개쭉지를
무슨 깃발처럼 안 보이게 펄럭이며,
냉수도 불타는 솔잎 속에서
제 몸까지도 이제 불지르려 하는,
서대문구 홍은동 산 1번지의 뻐꾹새는
뻐꾹, 뻐꾹, 뻐 뻐꾹 울어도
안 풀릴 한인데 안 뒤집힐 산인데,
퍼국, 퍼국, 퍼 퍼국 퍼국 목쉰 소리로 우네 울어.
대낮엔, 누가 던져버린 녹슬고 고달픈 부엌칼 위에
쏟아지는 땡볕만 쪼아먹다가
밤중엔, 목이 타서 목이 타서
내 아내의 살갗과 내 살갗의 사이에서
퍼국, 퍼국, 퍼 퍼국, 퍼국 울다가
아침 이슬에 젖어버리네. 젖어버리네.
내 누님, 내 누님, 내 누님, 내 누님이네.
홍은동의 뻐꾹새는
앞가슴 풀어헤친 강간 직전의 내 누님이네.
여름을 건너는 찬물이네, 투사네.

쌀

멍청하게 와버린 봄빛 위에서
머리 푼 저 북풍은 살아 있다.
흰 이빨은 펄펄 살아 있다.

만인에게 후려치는 내 눈물보다도
더 예쁘고 날쌘 남도평야는 살아 있다.
누런 땅빛은 영원히 살아 있다.

남루한 삼베 치마저고리를 걸친
저 누님 같은 아낙네의 살빛은 살아 있다.
그의 전신경은 펄펄 살아 있다.

눈을 감으면 어지럽게 쏟아지는
쌀은 펄펄 살아 있다.
쌀 속의 모든 사연은 살아 있다.

북풍이 봄빛을 깔아뭉개는 소리,
내 눈물이 만인을 내리치는 소리,
쌀이 쌀을 살해하는 소리,
모든 소리들은 다 살아 있다.

펄펄 살아서 쌀은
내가 밤마다 훔치는 한국어를 노래한다.
뱀의 혀보다도 더 빨리 노래하며
내 온몸에 살아 있다.

털

카시미롱 이불 속에서
내가 노래하던 털들이
칼날보다도 더 날카롭게 운다.

꼿꼿이 일어서서 여자여,
그대 귀밑의 노오란 털이
보시다시피 선량하기 그지없는
내 전신을 한번 쑤시고 또 쑤시고
피가 안 보일 때까지 또 쑤신다.

피의 미친 향기를 맡고
무덤들도 언짢아서 모두 울먹거린다.

세상이 빨리 싫어져서 어렸을 때
산불을 질러버렸었는데,
그때 타죽으며 울던 산짐승들의 혼들도
피의 미친 향기를 맡고

무데기로 무데기로 살아나서
기어오고 달려오고 날아오고.

수많은 칼날들을 거느리고
햇빛이 달려와서
보시다시피 만신창이가 된 내 전신을 어루만진다.

불도 아닌 털에 내가 타죽는데
불도 아닌 내 시체에 햇빛은 타죽는데

이 땅 위엔 反逆만 파릇파릇 자란다.
국민학교 교과서 속의 평화와 자유만 용케도 잘 자란다.

털이여, 그대 부드러운 모습도
칼날로 선다.

農酒

아하, 예부터 우리의 農酒 속에는
더위란 아예 없었나부다.
울퉁불퉁한 팔뚝의 심줄을
무슨무슨 산맥처럼 뽐내며,
서울의 냉막걸리가 아닌 투박한 農酒를
사발로 사발로 마셔보면 알지.

깊은 산속의 옹달샘 위에서나 산다든지
북극의 얼음 위에서나 겨우 살아가는
그런 싸늘한 바람도 어느 틈에 왔는지
내 입술을 사알짝 스쳐서
그 건강한 農酒를 찰랑이다가
이내 친근한 일꾼처럼 취해버리지.

에라 모르겠다.
술 취한 그 바람의 등을 타고
은하수가 널려 있는 밤하늘로 올라가서는
이승의 주막집을 드나들 듯
農酒냄새 풍풍 풍기면서
저 무수한 별들의 주막집을
통행금지도 없이 드나들다가

밤새 내 한국은 어찌 됐는지
궁금증도 풀 겸, 새벽녘에 별똥 타고 내려와서
그 끈끈한 農酒로 해장이나 할까부다.
여름을 혼자서만 타는 듯,
온통 혼자서만 새까맣게 타버린
그 걸걸한 웃음소리의 千祥柄씨랑.

송장

연애도 노동도 경험하고 삶도 참아내다가
칠팔십에 거듭 죽음으로 태어나서
기저귀를 장난감을 언짢다 하고
카시미롱 이불의 삼원색이거나
엇비슷한 인종의 빛깔도 싫다! 껌벅여버리고
알몸으로 쟁반 위의 꽃접시도 부셔버리네.

긴다든가 더듬는다든가 빤다든다 싼다든가
움직이는 것을 침묵으로도 움직이고
모든 풍물들을 움직여
아귀아귀 허기진 젖니를 달래네.

창호지를 울리며 뛰어든 햇빛에
취해서 마루로 토방으로 나와서는
경험 많은 가슴을 내밀어
세계의 모든 말들과 만나
햇살에 꾲혀 할딱이는 영웅이네.

기침은 기침도 쓰러뜨리고
엄마의 젖줄의 비린내라든지
물오름이 한창인 나무를 쓸어안고

모든 가구의 모양을 토해버리고
끼리끼리 붙어앉아서
뿌리를 깊이 내리며
천지간에 감기는 리듬이 되네.

한강

임금님 임금님
펄펄 끓는 이 모래밭으로 오게나
알몸으로 쓰러지자구.

팍팍한 땅을 맨주먹으로 치고 찍으며
땀나게 피나게 엎어져서
얼굴이 닳도록 쓰리도록 부벼보자구.

단 한번만이라도
당당하게 싸우고 썩게
펄펄 끓어보자구.

시끄러움이 미치니 고요하고
목소리가 미치니 늠름하고
땅도 썩으니 뜨겁더라.

더럽고 깨끗한 피도 섞여서 타고
여기서는 내 노한 살갖도
그대 고요한 살갗도 울며 타겠네.

불붙은 하늘도 물속에서 곧게 타오르고

여기 공비처럼 숨어 붙어서
해도 타오르고 밤마다 달도 타오르고.

임금님 임금님
불속으로 어서 뛰어들게나
펄펄 끓든지 타버리든지 하자구.

된장

님아,
너의 썩은 얼굴에 침
아니고 콩을 붙인다

흰자질이랑 탄수화물을 붙이고
물도 굳기름도 붙이고
비타민을 붙인다 소금을 붙인다

한 많은 찌꺼기를
정 도타운 부부를 붙인다
아아, 현명한 된장을 붙인다.

님아,
너의 썩은 얼굴에 미움
아니고 새로운 머리카락을 붙인다

눈썹이랑 눈을 붙이고
코도 입도 붙이고
턱을 붙인다 귀를 붙인다

희고 억센 이빨을

거칠은 살결을 붙인다
아아, 뜨거운 목소리를 붙인다.

시여,
나의 얼굴을
너에게 붙인다.

만난다

언 잎들이 썩음과 만나서 살아나자
폭우가 되고파서 청계천도
하늘을 깔고 하늘과 땀나게 만난다.
수돗물이 구들장 밑으로 가서 해골과 만난다.

면도칼이 가서 수염과 만나 번뜩이자
먼지도 일어나서 바위와 만난다.
털과 팬티가 열렬히 만난다.
손수건과 감기가 만난다.

북풍 속에서 칼날 갈던 심장이
윤나고 헐떡이는 봄처녀와
부끄럽게 허허, 들끓게 만나자
저쪽 가슴과 이쪽 가슴이 만난다.
이십년 전쯤의 유년은 참 허물없이 만난다.

좇아오는 외국어를 깔고
한글이 외국어 위에서 만난다.
좇아오는 고속도로를 깔고
굶주린 내 발바닥이 고속도로와 만난다

다 만나고
다 안 만난다.

여자여, 여자여

여자여, 여자여
그대 살결에 흐르는 산나물 냄새 나는
노래가 그리워서 그 노래를 타고 살고파서
그대 이름을 밤낮없이 하늘에 뿌렸지만
내 키는 178센치미터나 자랐지만
저 끝없는 영원의 문턱에까지
내 젊은 목소리는 벌써 닿았지만
그대 노래는 아직 들리지 아니하고
그대 허연 고집만 보이고
그대 뼈만 허옇게 보이고
그것이 비치는 내 눈물 속엔
방울방울 잡초만 자라서
망우리 가까운 데의 묘만 벌써 만원이네.

여자여, 여자여
그대 두 눈 속에서 예쁘게 자라는
눈물이 보고파서 그 눈물 속에 살고파서
그대 이름을 밤낮없이 벌판에 뿌렸지만
저 끝없는 영원의 문턱에까지
내 젊은 노동은 피었지만
그 눈물은 아직 싹트지 아니하고

그대 차가운 피만 보이고
그대 뼈만 허옇게 보이고
그것이 비치는 내 눈물 속엔
방울방울 죽음만 자라서
망우리 가까운 데의 울음만 벌써 만원이네.

여자여, 여자여
그대 속엔 허름한 나만 보이고
내 속엔 빛나는 그대만 보이고
천지는 온통 거울이네.

요강

웃목에서나
크게 하품이나 하는
초록 빛깔 무늬의
요강아 내 童貞아,

철철철 소리치는
지린내나 받아먹고
힘차게 울부짖는
處女나 받아먹고,

온돌방 가득히
고요함이나 풍풍풍 풍기면서
그 예쁘고 서러운 입술로
타고난 살빛 및 살결이나 풍기면서

부끄러워 어찌하나
밤에나 놓여 임 그리는.

땀 흘리며 끌고 온
家風아,
너는 늘 그러기냐, 어? 그러기냐.

대창

쓰러진 피를 잠든 고요를 일으켜다오,
눈 부릅뜨고 입 벌려
내 몸을 어르면서
벌판들이 엉엉 운다.

땀 흘리는 시간을 엮어 이마에 동여매고
날카로운 깨우침을 이마에 동여매고
제 몸이 뜨거워 향기로워
내 몸을 어르면서
불씨들이 엉엉 운다.

서러운 마음들을 깎아
곧음을 영원에 세우고
썩음을 향해 훤한 날카로움으로 우는 저것은
閣下의 敵인가 성가신 개새낀가
나의 閣下인가 형제인가.

우리네 궂은 하늘엔 恨도 많고
메마른 벌판엔 불씨도 많아
내 땅 밝히겠네, 깃발이 되겠네.

탑골공원

모든 더러운 것 종로 바닥에 던져버리고,
기관총 갈기듯 제군의 얼굴에
급한 가래침도 갈겨버리고,
내 음흉한 살까지도 발겨 벗어버리고,
내가 지닌 최후의 동그란 거짓,
그 똥 빛깔의 동전 두 닢까지를
대인 입장요금 십원으로 던져버리고,

칼자국으로 뒤덮인 詩想을 끌고서
뼉따귀와 붉은 피만
철책 안으로 들어선다.

푸른 벤치 위의 여자 옆에
들끓음으로 살짝 내가 놓이자,

靑銅의 조각들이 반갑다고 운다.
태극기와 총칼이 뒤섞여 울고
금수강산이 다 날아와서 퍼덕퍼덕 운다.

푸른 벤치에서
뼉따귀와 붉은 피가 일어서자

여기서는 하늘과 땅이 가까웁고,
민중과 정부의 손이 보드라웁고.

나는 바쁜 것에의 영원한 無職인데
조선과 닙뽕은 저렇게 바쁜가,
옷고름 노한 유관순들 가슴 앞에서
총칼은 저렇게 바쁜가,
아우성은 저렇게 예쁘고 마는가.

필요한 피

달리다가
급한 대로 내 산천의 살갗 위를 달리다가
가락가락 기쁨 뒤얽힌 피리 불며
法대로 달리다가 法에 걸려,
法처럼 내 노동은 넘어진다.

아무도 가르치지 않은 아우성과 함께
올바른 시대가 흘리는 땀과 함께
내 피는 한 번 쓰러지고 열 번 노하고
열 번 깨달아 한 번의 필요한 피를 흘린다.

그것은 저 벌판의
씨앗과 함께 잠자는 박수갈채를
내 온몸으로 미는 배반을 충동하다가
열 올리며 공격하는 병사처럼
쉽게 넘어지고 쉽게 대지에 스며든다.

넘어지면서 하나의 풍경을 토하고
스며들면서 하나의 땅을 울린다.
주인의 배를 무식한 두 뿔로 찔러서
창자와 불알까지를 동등하게 짓씹어 삼키다가,

부락민의 삽과 쇠스랑과 낫의 공격을 받아
벌판에 쓰러지던 그 어린날의 풍경을 토하면서
나는 내 땅을 토하면서 영원으로 스며든다.

스며들면서 두 눈알을 누구나 보이게 부릅뜨고
나이아가라 폭포의 거품을 뿜는데
사랑은 안 보이고
마지막 내가 쓸 싯귀는 한 개도 안 보이고
내 눈이 밝히는 어디에나
멋진 배반은 없는가.

달리다가
급한 대로 내 산천의 울음 위를 달리다가
내 피는 또 뒤집히고 법만 뒤집히고
황제는 살만 찌고
내가 아는 모든 사람은 죽는가,
살면서 사는 척하고 죽어버리는가,
필요한 피여, 까마득한 피여.

참외

누우런 주먹들이 운다.
불끈 쥐고 불끈 쥐고 사랑을 불끈 쥐고
어느 놈들은 벌판에 홀로 홀로 남아
어느 놈들은 靑果物市場 멍석 위에서
불붙는 살빛 불붙는 서러운 마음씨 부비며
누우렇게 허옇게 운다.

누우런 뙤약볕을
오드득 오드득 3·4조 4·4조 가락으로
잡아 씹어먹고 씹어먹고
엎드려서 등으로 누우렇게 저항하는,

허연 달빛을
오드득 오드득 3·4조 4·4조 가락으로
잡아 씹어먹고 씹어먹고
뒤집혀서 배꼽으로 허옇게 저항하는,

저것들은 하느님이다. 얼굴 고운 악마님이다.
때 찌든 삼베치마 앞에서 털 앞에서
땀 나는 가슴 앞에서 콩크리트 앞에서
저것들은 하느님이다. 얼굴 고운 악마님이다.

자유가 있느냐, 숨죽여 눈으로 물으면
민주가 돼 있냐, 숨죽여 뼉따귀로 물으면
없다, 안돼 있다, 뚜렷하게 대답하고
엎어졌다 뒤집혔다, 등으로 배꼽으로 뚜렷하게 저항하며
누우렇게 허옇게 운다.

굶주린 이빨 안에서
침들도 그 말 좀 들어보자고
불끈 쥐고 불끈 쥐고 주먹을 불끈 쥐고
왼쪽 오른쪽 귀 앞세우고 솟아난다 솟아난다.

젊은 아지랑이

반란이다, 저건 반란이다, 반란이다.
어허, 저건 숨결이다, 숨결이다.

시냇가의 조약돌도 미치게 하고
내 눈 속의 하늘도 미치게 하고
우리들의 몸도 불질러버리는
젊은 아지랑이.

젊은 아지랑이의
푸른 수염을 보거라.
수염을 헤치고
푸른 오월의 숨결을 헤치고
저 건너에서 저 건너에서
똑똑히 살아 움직이는
무덤들을 보거라.

무덤 건너
잘잘히 흐르는
의로웠던 조상들의
핏방울이며 땀방울의
영롱하게 뜬 눈을 보거라.

우리들의 눈은 멀었다 할지라도.
귀까지 먹었다 할지라도,

저 젊은 아지랑이 사이로
푸른 오월의 수염을 헤치고,

살아 꿈틀거리는
역사의 비탈마다에
아슬아슬하게 아로새겨진
영광의 말씀을 듣거라.

젊은 아지랑이 너머의
푸른 수염 너머의.

눈깔사탕 2

어찌하여 어찌하여 살아오는
내 因習의 지저분한 族譜에서
굴러다니는 몇개의 눈깔사탕,
미쓰야, 미쓰야, 심심하겠다
어서어서 줏어먹어라.
줏어먹고 건국을 해야지 건국을.

당신들과 나의 세월도 아닌
타인들의 세월 속을 굴러다니느라
다 녹아났네, 다 녹아났네.
高句麗 兵丁들의 천년 후를 내다보던
百濟 處女들의 천년 후를 내다보던
눈망울이었을까 나도 몰라.

가난 속을 한 속을 굴러다니다가
아아 가난해진 눈빛이여 빛이여,
빗발 속에 어른대는 지도,
지도 속에 번지는 산하여, 언어여.
미쓰야, 미쓰야, 억울하겠다
어서어서 나의 산하 나의 언어의 빛깔을 줏어먹어라.
어느 뜨거운 母性을 엮어 울을 치고

어느 때도 보지 못했던 공화국을 잉태해야지.

어찌하여 어찌하여 또 살아갈
내 인습의 어지러운 족보에서
굴러다니는 몇개의 눈깔사탕.

눈깔사탕 3

무엇에나 할 것 없이 신경질적인 나의 純處女는
눈깔사탕을 받아들자 히히히 호호호 웃더니만
별안간 건국하는 방법을 感得했는가
꺼이꺼이 울음 울었네.

남자들이 눈깔사탕을 한 개씩 가지고
멀고도 가까운 시간의 기슭을 더듬으며 떠나니
여자들도 쫄랑쫄랑 따라나섰다.
어느 무덥고 긴 여름날,
남자와 여자들은 꿈의 벌판에서 언어를 잃고 누워 있었지.
그러다가 그러다가 눈깔사탕이 녹아내릴 때
하, 옆에서 녹아내리던 어린 시간들
그들도 녹아내렸다.

바람도 붉게 물드는 내 혈맥의 어귀에서
남자들은 눈깔사탕 빛깔의 속옷을 벗었다.
여자들은 눈깔사탕 빛깔의, 남자의 음성 빛깔의
붉은 스커트를 벗었다.

그 다음날 다음날부터는
나는 한 개의 슬픈 악기가 되었네.

시의 이랑을 불어가는 바람소리랄까,
민중의 가슴팩이에서 펄럭이는 지폐의 그런 소리가 잘도 나는.

그리하여 그 다음날 다음날부터는
식욕이 없어도 살아가는
음악이 없어도 살아가는
그런저런 남자가 되어버렸네.
저렇게 꺼이꺼이 우는
순처녀만으로 살아가겠네.

눈깔사탕 4

처녀야
어둡고 아프다,
저속하게 울지 마.
삐약 삐약 삐이약
으릉 으릉 으르릉
병아리며 표범은 잘도 울지.
기막힌 사연을 들었니?
정의처럼 확실한 내 육신에서
길고 먼 여로를 보았니?

연전에 염병을 앓았지 그리고 알았어.
사람은 얼마나
경쾌하고 아름다운 악마인가를,
우리들의 노래가 얼마나
취하고 아름다운 거짓인가를
우리들의 눈깔사탕이 얼마나
달고 쓰는가를.

처녀야
너와 나의 사랑은 눈깔사탕 속에 있어,
눈깔사탕은 잘 번뜩여.

악수하는 손 사이에서
포옹하는 서로의 옆구리에서
이마 위에서 가슴이 닿는 곳에서
가까운 데서 먼 데서 안 보이는 데서.

그러니 울지 마,
1968년의 우울을
눈깔사탕이 녹아내리네 녹아내리네
우리의 뜨락에 놓여진
삐약 삐약 삐이약
으릉 으릉 으르릉
병아리며 표범, 잘도 웃지
처녀야.

간추린 日記

李承晩 할아버지 초상화에
누님이 바르는 연지를 찍어 발랐더니
새색시가 됐더라고 말하던 동무와,
눈 내리는 영산강을 스케취한 것은
1950년 일이고.

한라산 허리에 불붙던 素月의 진달래꽃이며
한라산을 가벼운 날개만으로도 흥분시키던 매미를 잡으며
백록담에서 멱을 감은 것은
1960년 안개 속에서이고.

두개골 속에서 귀신 옷 갈아입는 듯한
피리소리가 늘 들려 자칭 낮도깨비라 하는 친구와
광화문 네거리를 가로지르던 것은
1961년 핏속에서이고.

정사를 한 오빠와 아무개 여인의 시체 곁에서
사랑 만세를 불렀더니 느닷없이 속이 후련한
웃음과 기침이 뛰쳐나와 얼떨떨했다는
의사 지망생인 여학생과 만난 것은
1964년 가을길 위에서이고.

파랑색 바탕에 검은 글씨로 '詩'라고 쓴 동그라미 깃발을
廣開土大王碑 곁에 나란히 꽂고
내 유서를 20년쯤 앞당겨 쓸 일은
1999년 9월 9일 이전 일이고……

간추린 風景

꽃이 핀 안 핀 천년 묵은 꽃나무 위
꿀벌레 나비떼들 시간의 등을 타고 올라
햇빛에 꽂혀 파닥거리고 숨 가빠하고.

일터가 있는 없는 노동자의 머리 위
눈 굶았냐, 가벼운 바람 따라
폭력의 구름떼 자유로이 지나가고 쏘내기 뿌리고.

부부싸움을 끝낸 안 끝낸 남녀노소의
가슴속 깊이 빨간 열매 그립냐,
사랑의 파도소리 이리저리 밀리고 고함치고.

"기침을 하자, 젊은 詩人이여 기침을 하자 눈더러 보라고……"
내 몸은 앉으면서 일어나면서 꺼이꺼이 울고 깃발이 되고.

독버섯

무섭다고 바람도 살지 않는
물도 무섭다고, 콸콸 울부짖으며 숨는
그런 데서도 가장 한가운데서
비웃으며 독버섯은 보이게 핀다.
떠는 싸리버섯을 질근질근 잡아먹고
이빨도 보이게 한입에 송이버섯을 잡아먹고
서럽다고 심심하다고 핀다.
두 다리를 똑똑히 벌리고 서 있나니
세종로는 가고, 지리산 같은 데 있는
오솔길아 오라고 늙은 한강은 가고
지금 보이는 모든 것은 가고 성난 실개천아 오라고.
무섭다고 비둘기도 짧게만 날아다니는
햇빛도 무섭다고, 내려앉기 꺼리는
그런 데서도 맨 가장자리에서부터
버려진 온순한 내 피는 핀다.
國道를 잡아먹고 이빨도 보이게
바람도 잡아먹고 냉수도 잡아먹고
서럽다고 심심하다고 핀다.
바람으로도 냉수로도 출렁이며 핀다.

뙤약볕이 참여하는 밥상 앞에서

폭우도 멀리 떠나버렸고
습기까지 죽어 말라붙은 여름 근처
끼니마다 알몸으로 내외는 마주앉네.

무릎 꿇고 온몸으로 앉는 밥상 위
지난 몇해 굶주린 남도평야
그릇마다 뜨겁게 넘쳐나고.

황소 섞인 찌개며
칼질 잘된 생명을 넘어서서
어린날의 눈물이 후두둑 후두둑 치면
동강이 난 바람은 동강이 난 부분마다에
눈들을 부릅뜨고 부들부들 떨고.
장끼 까투리 홰치는 소리 멧돼지의 발자국 소리
모두 여기 올라서 부들부들 떠네.

엊그제 만나서 덜 친근하지만
심줄을 보여다오,
平野 앞에 엎드릴 땀도 눈물도 보여다오.
땅의 딸이여, 아내여, 어머니여,

바람 속에 붙어 있는 초가삼간 불질러버리고
그대 메마른 입술을 불질러버리고
일터에서 익힌 억센 심줄을 나부끼며
끝없는 반란의 아들로 뛰란 말이여?

가슴 펴고 내가 달리는 남도평야,
발바닥에 붙는 노동, 풍성한 울음소리,
고을마다 넘쳐나네.

回想으로 초대합니다

달디단 침의 입술로 문지르던
외딴 꽃나무의 맨 위의 꽃이파리와,
천재적인 머리를 늘 쓰다듬고
고집도 함께 꾸짖던 여선생님의
성 한 자 이름 첫자 이름 끝자까지를
엠원과 따발총이 맞서 휘둘러버렸네만
모두모두 잃어버렸네만,

무엇이나 가벼이 말하려 하면
그 꽃나무 흔들리던 향기와
여선생님이 풀풀풀 기어나와서는
내 입술을 장악하네만
아직 이렇게 약한 성년이네만

잃었던 꽃나무, 파도가 되어서,
사랑 가득한 여선생님, 파도가 되어서
내 성장을 올려다보기도 내려다보기도 하네만,

거칠게 자란 나이를 흔들며
대낮을 흔들며 가면
썩어서 꽃씨는 향기를 뿜는

썩어서 사랑은 불꽃을 뿜는
내 회상은 부글거리는 숲이 되네만.

성냥을 그으며 톱날도 번뜩이며
타당하게 타인은 내 곁에서 나부끼네만
하늘도 황급히 와서 앉아 있고
전쟁도 늘 숨어 있는 國道를 가네
어린 입술이 타오르며 가네.

꽃밭 세종로

비둘기 똥오줌, 용 똥오줌 껴안고
꽃 피우겠다! 내 땅은 엎어져 울고 있는데
꽃씨 껴안고 똥오줌 울고 있는데,

와서 다 장난만 치다 가네
엉뎅이만 모가지만 흔들다 가네
참아낸 방귀만 날릴 줄만 알고
포마드와 비듬 섞인 먼지만 날릴 줄만 알고,

사꾸라꽃으로 피다 가니
국경만 제멋대로 그어놓고
곰 같은 것이 재주 피우다 가니,

여편네여 여보 안되겠네
우는 땅 붙들고 울러, 거름 뿌리러 가세
안되겠네 여보 여편네여.

强姦

强者도 아니면서
먼지가 바위를 깔아뭉개니.

카시미롱 이불까지도
내 굶주린 배를 무겁게 올라타네.

안 비킬래? 안 비킬래!

某處女前上書

안녕?
어쩔 수 없이 핀 산꽃의 품안에서
어쩔 수 없이 춤추는 전장의 바람들.
눈이 휑한 해골은 눈으로 피리를 불고
뜨드득 뜨득, 뜨드득 뜨득 뜨득,
고달픈 내 병정의 이 가는 소리
무분별의 어둠이 갈아지고
날카롭게 날이 서버린 새벽이오.
당신이 흘리고 간 서너 올 머리카락.
나의 결단을 옭아매는 無聊와 고요.
이 조선의 온돌방, 불기둥을 세우고
비문 비문 새기듯 이 글을 쓰오.
오들오들 떨며 땀 빼는 경쾌함
느닷없이 염병을 앓는 불순한 사내.
살은 살로 혼은 혼으로 나뉘어져
씩씩한 도덕의 밤은 아동들의 발바닥에
이죽여지리라 이죽여지리라.
진리에 가까운 독충 한 마리 단호하게
내 혈맥의 어귀에서 울기 시작했소.
"전장에까지 와서 우는 개구리는 사기꾼이다
전장에까지 와서 피는 꽃은 사기꾼이다"

색깔 고운 내의, 시퍼런 언어
그 순수라 이름하는 독재를 벗으시오.
이 조용한 擧事의 새벽 명령이오.
안녕.

野戰國 딸기밭 이야기

성난 수컷님들의 팔다리 모양
수줍음 많은 암컷님들의 搖動 모양
그 강력하고 부드러운
뼉따귀는 뼉따귀와 살은 살과
혼은 혼과 끼리끼리
모조리 발가벗고 사는 부락일쎄.

제 나름의 별난 목소리를 키우면서
바람피리를 불어제치는 수목들과,
한가히 도사리고 앉은 탄피의 고요.
들풀들이 전후좌우로 기지개를 키면
옆에서 無聊히 손발 비비는 시간일쎄.

갈가마귀 까, 까까욱 까, 까까욱
철철철 강을 이루는 야전국 딸기밭街.

삼단 가시머리 치렁치렁 나부끼며
이 땅의 뚜렷한 번지와 土質의 성분에 대하여 말하라.
무데기로 무데기로 모여 붉은 처녀들은 외친다.

저 세월의 시커먼 부분을 상냥하게 문지르며

불타오르는 붉은 스커트,
몇개의 나의 친밀한 반란은 그 속에 있다.
그 부드러운 陰氣와 넉넉한 시대의 목소리.

나는 무릎을 꿇는다.
열 가지 형태의 열 가지 빛깔의 내 손끝은
서서히 그러나 무자비하게
이 땅의 내력과 너의 성분을 더듬는다.

처녀야, 처녀야, 붉은 처녀야
나의 이 풍부한 陽氣엔
악의라든지 타협이 도무지 흐르지 않는다.

내 살빛으로 물드는 늦가을 合一의 한때,
너와 나의 관계는 영원을 향해 춤추는
음악이거나 돌아오지 않는 메아리 같은 것.

너의 살빛이 흐르는
멧돼지, 산노루, 표범, 독수리 등등의
진한 체온에 취하다가,
홍분은 영원을 향한 몸부림을 터득타가

나를 잊어버리는 거칠은 분위기의
야전국 딸기밭가의 거칠은 이야기.

나의 處女膜 2

제군,
연전에 파열된
나의 처녀막을 기억이나 하시는지.

하루에도 몇번씩, 강한 열 손가락으로
나의 어린 유년을 열어젖히고
상한 나의 처녀막 근처에 꿇어앉아
산산히 쪼가리난 흔적의 민주를 자유를
感得이나 하시는지,
통곡이나 하시는지.

쪼가리 쪼가리난 처녀막으로
붉은 세월의 피의 꽃방석 만들어 깔고 앉아
삐리, 삐릴리, 삐리 삐리 삐릴리
야만의 풀피리를 불고 있네만,
쪼가리 쪼가리 난 민주나 자유로
붉은 세월의 피의 꽃방석 만들어 깔고 앉아
삐리, 삐릴리, 삐리 삐릴리
야만의 풀피리를 불고 있네만,

심란해라 심란해라

아이, 심란해라.

제군,
돌아오는 메아리를 향한 나의 눈을,
나의 눈을 보시기나 하는지.
아직 피 마르지 않는 내 육체를
울리며 기어다니는 메아리를 보시기나 하는지.

학동들의 상학길에 널려 있는
광화문 네거리에 널려 있는 처녀막을 흔들고는
다시 눈물로 돌아오는 메아리를 보고 있네만
제군, 알기나 하시는지.

호강 한번 못해보았기로야 나의 처녀막은,
호강 한번 못해보았기로야 민주나 자유는
파열당한 아픔과 그 흔적을 樂으로 삼는가를,
차라리 나의 영양으로 삼는가를,

피 흘리며 흩날리는 四季를
쏘내기 맞듯이 쏘내기 맞듯이 맞고 앉아서
내 육체에 꽂혀 나부끼는 메아리를 보는

나의 눈 속에서 나는,
어렸을 적 내 이웃에 살던 영감마님의 얼굴처럼
늙은 내 조국, 몇놈 때문에 보기 싫은 내 조국을 보네.
수염 돋듯 돋아난 내 유년을 보네.
쪼가리 쪼가리난 처녀막으로
아아 쪼가리 쪼가리난 민주와 자유로
붉은 세월의 피의 꽃방석 만들어 깔고 앉아
삐리, 삐릴리, 삐리 삐리 삐릴리
나의 사랑을 불면서 내용을 불면서
그렇게, 야만의 풀피리를 불면서.

나의 處女膜 3

1

閣下,
대한민국 서울특별시 동대문구 청량리동 205의 6호 2층
어느 소견 하나 제대로 이뤄지지도 않고
참말을 해도 거짓말로만 인정되다시피 되는
불만의 다다미방 구석에서
타고난 피를 끓이며 더운 몸을 보채며
어머니 같은 눈물에 눈물에 띄워 보낸
小生의 피리소리를 들어나 보셨는지.

四季를 할 것 없이
뚜렷한 번지에서
뚜렷한 신분을 높이높이 펄럭이며
뚜렷한 취주법으로 띄워 보낸 피리소리는
하마, 의욕의 강물을 이뤄 철철철
그대의 가슴 이하, 백성들의 가슴에까지 흐르고 있는지.
그리하여 그 물결에 아로새겨진
소생의 처녀막 파열사를 읽어나 보셨는지.

도대체가 불통이어서 갑갑합니다.

소생의 힘은 보잘 것 있는지 없는지 모르겠사오나
가서 뵙겠습니다,
閣下.

2

피 묻은 피 묻은 처녀막을 나부끼며
아프고 피비린 냄새를 풍기며
광화문 네거리 한복판에
내가 섰다 내가 섰어.

삼천만 개의 쌍눈을 번뜩이며
삼천만 개의 쌍귀를 세우고
삼천만 개의 가슴을 비벼 불꽃 튀는
불꽃 튀는 단일화된 외침을 가지고
삼천만의 기념비처럼
내가 섰다. 내가 섰어.

개판에,
소판에,
말판에,

나의 처녀막은 더이상 갈갈이 안 찢기겠다.
梨大 쪽을 바라보아라.
鍾三 쪽을 바라보아라.
중앙청 쪽을,
시청 쪽을,
아무런 사심 없이 바라보아라.
누가 나의 형제이고 누가 나의 적인가를,
누가 가르쳐준 遺訓인가를 아는 자들은
손을 들고 나와서 답하라.

3

막자, 막아,
이제 나의 처녀막을 늠름하게
무사통과할 수는 없다.

아직까지도 처녀막이 파열됐다고 여기지 않는 자들은
다리를 벌리고
한강 다리 위에 서서 수면에 비춰볼 일이요.
파열됐다고 여기는 자들은, 그리하여
한줌의 울분이라도 있다면

파열된 처녀막을 가지고 광화문 네거리 한복판에
바리케이트를 바리케이트를 칠 일이다.
자유의 철새 한 마리 명랑한 철새 한 마리
날아와 울어주지 않는 여기는 누구의 땅인가.
내가 서 있는 땅.
이 망국의 분위기 속에서
나는 결코 피로하지 않다.
동족의 처녀막까지를 파열시켜버린 내 땅의 분위기.

지금은 또 검은 부정의 불의의 빗줄기가
환호처럼 쏟아지고 있다.
빗줄기에 우리들의 처녀막이 젖을지라도
나와서 여러분!
무서운 예언처럼 무겁게
바리케이트를 바리케이트를 치자.

나의 處女膜 4

오줌이 마려운 노릇, 한마디씩 뱉고
무관하게들 지나치는 서울의 귀퉁이
다채롭게 꽃이 피었어 독버섯이 피었어.
여학교 기숙사 건조대 위
휴전선보다 더 늘어지고 심심한 빨래줄,
눈 쓰리고 시린 즈로즈가 몇벌
태연하게 태연하게 피었어.
하염없이 떨어지는 꽃물의 고요 속에
잉잉거리는 물레소리
수캐가 한 마리 킁킁이며 먼저 기침을 한다.

"목화밭 가까이 뽕나무밭이었지요. 나무 가지를 휘어 누나의 은반지 모양 올가미를 만들어 매고 콩을 뿌렸었지요. 하루에도 서너 마리 장끼 까투리의 꽃을 공중에 피게 했지요. 그럴 때마다 오줌이 마려웠지요. 기침을 참았었지요."

바람 섞인 햇볕 속에서 文益漸씨가 바래진다.
내 유년사가 바래지고 서울이 바래지고
내 하체를 괴뢰처럼 괴롭히는
즈로즈의 올 모양 잘 짜여지고 매끄러운 시간의 비탈,
서툰 포복이고 서툰 지성의 손톱일망정

참다운 아무것이나 붙들고 긁으며
오르겠어 또 오르겠어.

"목화밭 가까운 밤나무골이었지요. 나뭇가지는 훌륭한 교수대였지요. 날쌔고 늠름히 죽창이 꽂히면 동족의 양심으로 휘어지던 가지들, 아베꽃 어메꽃 갑돌이 갑순이 꽃들이 무데기 무데기 무차별 피어올랐지요. 그럴 때마다 오줌이 마려웠지요. 기침을 참았었지요."

바람 섞인 햇볕 속에서 반란이 우러난다.
죽어가던 이름이 우러나고 시간이 우러나고
내 하체를 공비처럼 괴롭히는
즈로즈의 올 모양 잘 짜여지고 매끄러운 저항의 비탈,
죽음은 어차피 순간이고 영원인걸
서툰 언어를 끌고 서툰 길일망정
오르겠어 또 오르겠어.

오줌을 다 누어버린 모양이다.
입 다물고 아시아처럼 누워서
하품만 거듭하는 서울의 귀퉁이 내 몸의 귀퉁이
한송이 꽃이 필라, 독버섯이 필라.

살갗이 매끄러운 애기 옆에서 미끄러지며 잠을 깬다.
어제 배운 진리만큼 몸을 세우며 새벽을 맞는다.
알 수 없는 토론이 기어드는 황홀 속에서
큰소리치며 점잔히 식탁에 오르는
즈로즈며 장끼며 까투리며 송장.

내의가 새카맣네요.
"아아 목을 휘감는 꽃뱀"
넥타이를 매주며 태연한 아내,
열 오른 하체를 벌리고 서서
가깝고도 먼 인류의 이마 앞에서
오줌이, 또다시 오줌이 마려워.

野蠻의 치맛자락에 매달려

1

항상 우울했던 성장이었지,
야만의 치맛자락에 매달려
어리석은 도덕을 배우고 진리를 느끼고.

시체들의 아랫도리에서까지 빛나던
처량한 황금이 남루한 생활 쪽을 떠날 때
하나 남은 감정을 흔들며 흔들며

죽어가던 抒情이었다. 나는!

한량없이 보행을 나누는
연애 선수들의, 체온이 한 알씩 떨어져갈 때
모호한 장소로 끌려가던,
육체의 식욕의 서정이었다.

2

다정하게 죽어가던 아침이
가난한 포켓 속에서 기상을 서둘고 있었다.

일찍 깬 꽃나무들의 한창인 음주와
발길로 차며, 아이들이 비끼는 짜증.

침실은 완전했다!
한 개의 죽어 있는 여인과
망각의 나라로 날으는 즈로즈.

나는 변명을 준비하면서
내부에서 탈영해간 햇살들을
아아, 어리석게 찾고 있었다.
야만의 치맛자락에 매달려.

개구리와 把守兵

질긴 네 다리와 푸른 몸뚱아리,
달빛에 젖어, 낮은 포복이거나 약진으로
전장의 안부를 더듬더듬 더듬고 있네.

푸른 體積의 푸른 음성을 번쩍이면서
왈가왈부 말아라!

그간 어찌 어찌 됐냐고
무료한 내 땅의 혈맥을 찢어 흔들면서
남녀노소의 강한 개구리들은
험악스럽게 울고 있네.

동족의 가슴과 가슴을
설움 많은 모국어와 모국어의 복판을
총알처럼 불지피며 날쌔게 울면서
가로질러간 아아, 분계선 부근.

황색의 두 팔과 두 다리 그리고 몸뚱아리
피 묻은 타인의 의견에 젖은 채로
가라앉으며
그 키만큼 나라를 높이고

그 체중만한 힘으로 받들고 있네.
彈雨에 찢긴 형제의 눈물이나
눈물에 매달리는 향수 등등을
참호 속에 접어두고

세상 일이 다 鹿皮의 曰字 아닌가?
그간 어찌 어찌 됐는지 내 모르겠다고,
끝까지 따라 남은 끈기를 펴
피기침 피기침 험악스럽게 토하면

서서히 불붙는 저쪽과 이쪽의 중간에쯤
전쟁은 소리없이 맺혔다 소리없이 지는가.
눈물로도 눈물로도 지울 수 없는
흔적만을 남기는가.

이 가을에 가을 사람들아

이 가을에 가을 사람들아.
흐르는 물 위에다가나 바람 위에다가나,

성 한번 쓰고 기침 한번 하고,
이름 첫자 한번 쓰고 기침 한번 하고,
이름 끝자 한번 쓰고 기침 한번 하고,

우리들 모가지 단풍물 들거든,
우리들 목소리 단풍불 붙거든,

곱게 이름 한번씩 부르자.
이 가을에 가을 사람들아.

너의 눈앞에 서서

1

포연에 그을린 눈을 비비며
발가벗은 목소리 발가벗을 몸을 높이 들고
타고난 숨결이랑 살빛을 세우겠네.

차고 거치른 서로의 눈을 당기며 한을 더듬으면
너의 눈에 어리는 내 눈에 어리는
타인들의 세월이 할퀴고 간 片影들.

건강한 햇빛 가까이서 타고난 피를 불어 새기기 위해서
생채기 진 너와 나의 목소리를 문지르면서
싸늘히 타죽은 시간을 딛고 서서
무너져내리는 숨결, 살빛까지를 딛고 서서
너의 피비린 옷자락을 붙들고
취해서 취해서 내 여기 서 있네.

2

뼈마디 마디마다에 부딪치며 포성처럼 우는
내가 빼앗긴 유년의 시간을 보는가.

국민학교 적, 꿈을 놓으며 징검다리를 건느던
순이 이쁜이 영이 복돌이 개똥이의
소꿉장난 땅뺏기에 싸움 일어 피로 얼룩진 땅 위에서
어메들의 옷고름에 매달리던 유년을 보는가.

백조가 죽음을 느낄 적엔 하얀 나래
퍼덕퍼덕 퍼덕이며
가장 아름다운 목소리를 뽑는다 했지,
위태위태한 성년으로 내 여기 서 있네.

지금 너의 옷자락에 무수히 꽂히는
나의 눈물로는
너의 상흔을 씻을 수 없다만
용해되어 흐르는 나의 유년사를 아프게 보는가.
몸을 보채며 많은 밤을 문지르던 나날의
어메의 눈물은 어디서 主義를 잠재우고
아베의 기침은 어디서 포성을 잠재우는가.
조용하던 시절을 빗어내리면서
강한 품안을 세우기 위해 내 여기 서 있네.

3

어느 때이고 피 마르지 않았던
네가 낳은 모국어의 기슭에서
안부처럼 나부끼며 섰는 피 번진 깃발.

어느 역사의 비탈에쯤 새겨진 의로웠던
조상들의 비문은
줄기줄기 의로운 뱀으로 살아 꿈틀거려줄 것인가.

이 막히고 답답한 사방을 훤히 젖히고
휙, 휙 무데기로 무데기로 꽃숨을 토해줄 것인가.
하여 피비린 깃발에 너의 눈에
타고난 숨결이랑 살빛을
내가 서 있다는 사연을 새겨줄 것인가.

살과 피로 쓴 사연을 엮으며
가난이더라도 잿더미의 추억이 될지라도
결코 돌아설 수 없는 의지로
너의 옷자락을 가쁘게 흔들며
뜨겁고 고운 증언으로
내 여기 서 있네.

가을새가 그렸던 그림

幾十원짜리 홍정의,
幾十원짜리 공화국의,
幾十원짜리 백성의,
幾十원짜리 시인의, 아아
幾十원짜리의 幾十원짜리의 분위기였던가.

지난 여름의 대부분,
몇개의 성난 나의 언어는 죽어가고
나와 촌수가 가까운 몇마리 가을새가 날고 있었지.

나의 부황난 食指를 빠져 날았는지
흔들리는 나의 식탁,
나의 어리석은 지혜를 차고 날았는지
내 모르겠다만 내 모르겠다만
몇마리 가을새가 그려놓은
사실만큼 확실하게 친구여,
이 겨울날
이 이미지의 이 풍성함을 보아라.

아침엔 간단한 보건체조
그리고 차디찬 세수와 반란.

빗발치는 관능의 그 끝에서
光芒이 닿는 곳까지 번뜩이는 아침 면도.
황홀하게 피 흘리는 피 흘리는 역사의 기슭에서
친구여 또한
피 흘리는 피 흘리는 殘傷의 가을새를 보아라.
입부리에서 나래깃에 매달고 있는
붉은 빛의 이미지를 터득하여라.
잔인한 내 폭풍 속에서, 면도가 지나간
이 순백색의 蠻地에서
어느 놈은 여인의 스커트 속으로 빨려가
은빛 내의에다 입부리를 마구 문지르고
어느 놈은 老學者의 연구실 창을 쪼고
어느 놈은 내 언어의 하체까지를 발겨놓고
어느 놈은 눈이 내리는 과수원의 바람까지를 물들이고,
어느 놈은 내가 가르치는 꼬마들의 목소리까지를 물들이고 어찌 된 일인가.
내가 마시는 이 냉수에 용해된 붉은 아우성은.
피카소의 손은 눈이 내리는
공화국의 어디에서나 빛나고 있다.
내 붉은 목소리, 친구여 너의 붉은 목소리 가까이서
가을새는 지금도 날고 있다. 날고 있어

美人

저 어리고 답답한 경제가 깔린 포도 위를
사뿐사뿐 발걸음도 가벼이 우리의 미인들은
그 눈요기 좋은 살결, 그 독특한 선을 나부끼며
은행 창구를 다투며 들어가네,

야생의 밀림 속에서나 짐승스런 해변에서나
신 비슷한 옷자락이라도 붙들고 거칠게
투쟁하던 희랍의 미인들.
피 흘려 지혜를 닦고 세월을 세우고
피 묻은 화살로 헝클어진 머리를 빗으면서
예술을 낳았었지, 언어들을 낳았었지.

그러나 상혼으로 들끓는 나의 땅이여,
나의 지폐는 미인으로 나오겠지,
바스트와 웨스트와 히프가 알맞게 어울려서
보기 좋은 지폐가 나오면

으흠, 으흠, 으흠,
찌뿌린 사내들, 찌뿌린 시인이여
그대의 호주머니 속 그대의 손끝은
음성 좋은 속삭임. 부드러운 선으로 출렁일 것인가.

저 어리고 답답한 경제가 깔린 포도 위에서
몇칸의 원고지 위에서.

왼손으로 여자를 생각하며

으하하하 핫, 으하하하 핫,
오른손의 약속이 무너진다.
늙은 가죽의 늙은 음성의 아시아에서
북선 땅의 여체의 바람이 분다.

바람이!
가장 끝의 발끝의 발톱 끝에서부터
가장 으뜸의 머리카락의 머리카락의 끝까지
여자야!
늠름하고 향기에 찬 시대의
털을 깎는 면도날이 풍부히 날뛴다.

너는 몇개의 털을 보유하고 있냐.
너는 몇개의 남편을 보유하고 있냐.
몇개의 방편을 몇개의 용맹을.

여러분의 구멍,
구멍이라 불리는 모든 구멍 속에서
철저히 죽어간, 아, 살아난 살결과 숨결.

촛불을 밝혔어요 흔들리고 있어요,
겨울이면 외로운 철새를 따라
흩날리는 눈발 속의 질서는
흔들리고 있어요.

뭐라 말할 수 없는
그러나 표현할 수밖에 없는
下門이다. 下門이다.
똑바로 말해서 내 늙은 하문께에
내 평생의 새벽이 눈을 비벼 뜬다.

떠나고 만나는 자리에서
신분을 높이 흔들고
누구나 바르게 바른 말을 흔든다.
바른 조선어를 바른 영어를 흔든다.
이미 이미 나는 독신이다.
이미 이미 나는 남편이다.
북선 땅의 여체의 바람이 부는
아시아의 끝에서 피를 흘리는
왼손잡이의 질량이 넉넉한
으하하하 핫, 으하하하 핫.

國土

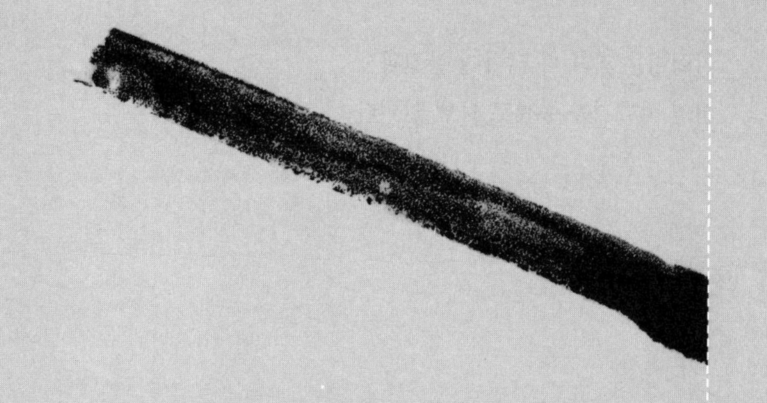

國土序詩

발바닥이 다 닳아 새 살이 돋도록 우리는
우리의 땅을 밟을 수밖에 없는 일이다.

숨결이 다 타올라 새 숨결이 열리도록 우리는
우리의 하늘 밑을 서성일 수밖에 없는 일이다.

야윈 팔다리일망정 한껏 휘저어
슬픔도 기쁨도 한껏 가슴으로 맞대며 우리는
우리의 가락 속을 거닐 수밖에 없는 일이다.

버려진 땅에 돋아난 풀잎 하나에서부터
조용히 발버둥치는 돌멩이 하나에까지
이름도 없이 빈 벌판 빈 하늘에 뿌려진
저 혼에까지 저 숨결에까지 닿도록

우리는 우리의 삶을 불지필 일이다.
우리는 우리의 숨결을 보탤 일이다.

일렁이는 피와 다 닳아진 살결과
허연 뼈까지를 통째로 보탤 일이다.

모기를 생각하며

國土 1

내가 딛는 땅은 내 땅이 아니다.
내가 읽는 글은 내 글이 아니다.
내가 하는 말은 내 말이 아니다.
내가 하는 노래는 내 노래가 아니다.
내가 눕히는 아내는 내 아내가 아니다.

모기야 지난 여름
작은 음성으로 울어싸며
내 피를 맹렬히 빨아먹던
네 입술만이 오직 내 것이다.
내 능력이다. 사랑이다. 그리움이다.

모기야, 내 모든 것은
아리랑고개를 넘어가버렸는데
나를 버리고 천리도 더 갔는데
발병은커녕 잘도 뛰어갔는데

모기야, 네 입술 네 음성만이
텅 빈 내 귓가며 눈 언저리에
부러울 것 없이 무성히 자란다.

꿈속에서 보는 눈물

國土 2

참말로 별일이다.
내 꿈속의 어떤 村落에서는
헐벗은 눈물과 눈물들이
소리없이 만나고 쉴새없이 부딪쳐서
정처 없는 눈물들을 소생시킨다.

눈물의 새끼들은 순식간에 자라서
애무도 맘 놓는 정처도 없는 곳에
또다른 눈물들을 탄생시킨다.

뿐이랴.
어메의 눈물이 아배의 맨살에 닿자
살도 어느덧 눈물이 되고
아배의 눈물이 어메의 맨살에 역습하자
그 살도 또한 눈물이 되는

오오, 이 황홀한 범람을
하염없이 바라만 보아도
내 몸도 거칠게 출렁이는 눈물이 된다.

어차피 피와 살이 한통속이 되고

뼉따귀와 혼이 한 함성으로 번지는
눈물의 頂點, 頂點,
참말로 별일이다.

풀잎 · 돌멩이
國土 3

목청을 돋구어 제 命대로 울지 못하는
저 안타까운 풀잎들이며
성한 팔다리로써 제대로 움직이지 못하는
저 무수한 돌멩이들은

뙤약볕만이 들끓어 타오르는
허허벌판의 불바다에서
그림자를 거느릴 자유마저 잃은 채
자빠지고, 자빠지고, 자빠지고 있다.

두 줄기의 눈물기둥을 세우며
일어나라, 일어나라 소리치다가
내 목청도 별수없이 타고 마는가.

이제 눈물 너머는
빛깔은 빛깔대로
動作은 動作대로 나뉘어진 채
온통 물불이 뒤섞인 天地.

푸른 빛깔이거나 붉은 빛깔이거나
모두 물불에 젖어
밑으로 밑으로 처져 나부끼는가.

발바닥 밑에

國土 4

내가 허물없이 딛는 곳곳에는
쇠붙이들이 늘 잠깨어 있다.
발바닥이 근질거리는 걸로 보아 안다.

쇠스랑 부러진 것, 낫 부러진 것,
엠원소총 녹아난 것, 대포 문드러진 것,
비행기 찢어진 것, 식칼 부러진 것,
금이빨, 은이빨, 귀고리, 코걸이 등등……

모두들 한번씩은 울었던
피와 함께 고스란히 깨어 있다.
쉴새없는 음성이며
우리들의 엄청난 오해들은 깨어 있다.

시퍼런 녹들을 두리두리 두르고
이슬도 햇빛도 독약 마시듯 마시고
무슨 일인지 고스란히 깨어 있다.

어린 시절에 내가 부러뜨린
누님의 머리핀도,
어메의 옷핀도,

내가 허물없이 딛는 곳곳에
내 발바닥이 그리운지
보물처럼 눈뜨고 있다.

바람

國土 5

우리들의 숨결이 그러하듯이
바람은 우리들이 보는 데서나 안 보는 데서나
四通五達한다.

햇빛이 그리워 목이 타면
아무 데서나 부드럽게 솟았다간
아무런 敵意 없이 서로 만나
어디 양지바른 지붕 위거나
산짐승들의 윤나는 털 위에서 同寢도 하다간

움직이는 것이 그리워 몸살나면
철새들의 날개쭉지에 붙기도 하고
韓國의 風向計에 와닿기도 하고

아무 데나 세워진 깃발을
원없이 원없이 흔들기도 한다.
우리들의 숨결이 그러하듯이
바람은 상냥함을 자랑하지만
난폭함을 자랑하기도 한다.

論介孃

國土 6

論介양은 내 첫사랑
論介양을 만나러 뛰어들었다.

초겨울 이른 새벽
촉석루 밑 모래밭에다
윗도리, 아랫도리, 내의 다 벗어던지고
내 첫사랑 論介양을 만나러
南江에 뛰어들었다.

論介양은 탈없이 열렬했다.
내가 입맞춘 금가락지로 두 손을 엮어
倭將을 부둥켜안은 채
싸움도 끝나지 않고 숨결도 가빴다.

잘한다, 잘한다, 南江이 쪼개지도록 외치며
논개양의 혼 속을 헤엄쳐 다니는데,
물고기란 놈이 내 발가벗은 몸을 사알짝 건드렸다.
아마 그만 나가달라는 論介양의 전갈인가부다.
내 초겨울 감기를 걱정했나부다.

첫사랑 論介양을 그렇게 만나고

뛰어나왔다.

論介양을 간신히 만나고 뛰어나왔다.

흰 뼈로

國土 7

잠든 금수강산엔 잡초만 자란다.
그 잡초들을 흔들며
움직이지 못하는 바람은
움직이지 못하는 바람만 낳고
빈 목소리는 빈 목소리만 낳는구나
갑순아.

심심한 판에 나아가 밀어버릴까부다
육자배기나 한 목청 뽑으면서
우리 사이에 가로놓인
그 바람이거나 목소리거나
가령 휴전선 같은 거를
나아가 밀어버릴까부다.

밀다가 죽으면? 송장으로 밀지.
송장이 썩어 문드러지면?
거 있지 않은가.
빛깔 강한 흰 뼈거나
검은 머리칼로,
갑순아.

甕器店 風景

國土 8

韓半島의 모든 바람은 물론
세계의 모든 바람들도 함께 섞여
멋모르는 마음들은 마음 놓고
밤낮없이 여기 와서 논다.

어떤 놈은 풀피리, 버들피리를 불고
어떤 놈은 피리, 퉁소를 불고
어떤 놈은 장구, 북을 치면서 논다.
하, 어떤 놈은
하모니카, 트럼펫, 색소폰을 분다.

한반도의 모든 빛은 물론
세계의 모든 빛들도 함께 섞여
멋모르는 마음들은 마음 놓고
밤낮없이 여기 와서 논다.

어떤 놈은 느릿느릿 양산도 춤을 추고
어떤 놈은 깝쭉깝쭉 보릿대춤을 추고
어떤 놈은 허리 끊어져라 트위스트를 추고
하, 어떤 놈은
고고춤을 원없이 춘다.

서러운 우리들은 밤낮없이
默默無答인 채 아무 데나 놓이고
밤낮없이 저러는 풍경은
日沒이 와도 걷히지 않고
日出이 와도 걷히지 않는가.

호박꽃들을 보며

國土 9

지난 여름엔
산너머 산너머에서만
천둥이 울어쌓더니만
산너머 산너머에서만
번개불이 울어쌓더니만

호박꽃들은 산꼭대기로만 산꼭대기로만
누우렇게 누우렇게 줄지어 오르더니만

요즘은 비록 꿈속이긴 하지만
두 날개쭉지로는 힘겨워서인지 날짐승들은
퉁퉁 부르튼 입주둥이와 두 발목까지 휘저어
산너머 산너머로만 빨려드는가 하면

요즘은 비록 꿈속이긴 하지만
팔팔 살아서 푸른 하늘의 바람 속을
울부짖으며 뛰어다니는 짓도 서러울진대
거의 반죽음으로 바람 속을
바람에 끌려다니는 이웃들을 본다.

그래서 그런 줄은 모르지만

요즘은 새벽같이 깨어나서
맨손체조를 하고 찬물을 마셔도
왼통 숨통은 갑갑하고 뒤숭숭하고

색맹인가 근시안인가
산천초목도 철천지원수로만 보이고
모든 빛깔도 단일색으로만 보인다.

思慕詞

國土 10

파도는 그 억센 율동으로
내 몸을 통째로 말아올려
창공에서 파닥거리게 하고

三光은 밤낮없이 허연 화살로
내 몸의 곳곳을 들쑤셔
수만의 꽃잎으로 흩날리게 하고

날더러 어쩌라고 어쩌라고
먼 데서 내 肉魂에 불을 지피냐
그리움아, 함께 타오르지 않고
그리움아.

물 · 바람 · 빛

國土 11

물과 물은 소리없이 만나서
흔적없이 섞인다.
차가운 대로 혹은 뜨거운 대로 섞인다.

바람과 바람도 소리없이 만나서
흔적없이 섞인다.
세찬 대로 혹은 보드라운 대로 섞인다.

빛과 빛도 소리없이 만나서
흔적없이 섞인다.
쏜살같이 혹은 느릿느릿 섞인다.

한핏줄끼리는 그렇게 만나고 섞이는데
한핏줄의 땅을 딛고서도

사람은 사람을 만날 수가 없구나
사람이면서 나는 사람을 만날 수가 없구나.

난들 어쩌란 말이냐
國土 12

오늘까지 살아오는 동안에
4·19 정신! 어쩌고저쩌고 하면
실감도 안 나고 괜히 부끄러워만 진다.

그날 우거진 총검의 숲을 맨가슴으로 헤치며
독재의 울타리를 향해 파도치다가
한 방의 총알에 쓰러져
오늘 다시 살아난다 해도 부끄러울 것인가.

그날 총알이 나를 피해 달아나서
그날 숨을 거두지 못했지만
그 총알이 한없이 원망스럽지만
그래도 맺힌 한은 여직 남아 있어서
들끓는 눈물을 하늘에 뿌리며
비틀비틀 수유리를 찾아간다.
하, 허연 비석들이 살아나면 무얼 하나
하, 들꽃들이 피어나면 무얼 하나
하, 참새들이 울어싸면 무얼 하나 하, 혁명을 생각하면 무얼 하나

4·19 묘지 앞에 비석으로 꼿꼿이 서서
뼈를 갈아 섞은 듯 독한 소주에 나를 묻으면

하늘도 언짢아서 궂어진다.

궂은 대로 번개도 치고 천둥도 울면야

그날의 함성을 몸에 두리두리 두르고

피뢰침일랑 머리에 꽂고 가슴에 꽂고

죽음 가까운 데까지 가서

묶여진 육신 펄럭이며 아가릴 벌려

풍선처럼 아우성 아우성을 친다면 덜이나 억울하겠는데……

하, 하늘은 저리 궂기만 하고

천년이고 만년이고 바다는 파도 하나 못 일으킬 징조냐.

더운 가슴들은 식어만 가기냐

살아남아서 괜히 부끄러워진다.

너만 하나냐 우리도 하나다

國土 13

대낮에 아무리 보아도 태양은
하나니깐 하나로 보인다.
한밤에 아무리 보아도 달은
하나니깐 하나로 보인다.
교과서에서도 그렇게 배웠거니와
한반도는 끝끝내 하나인데
東西에서 보기엔 둘로 보였다.

생각하니 北順아, 억울해 죽겠다
곰곰이 생각하니 南順아 억울해 죽겠다
죽어죽어 생각해도 억울하겠다. 北男아
억울하다 생각하니 더 억울하다 南男아

꽹과리·징·장구·소구·벅구 들고 나와
모두 보라고 더덩실 더덩덩실 더어더엉실
억울하다 생각하니 살겠다. 춤춘다.
너만 하나냐? 우리도 하나다.
하늘더러 보라고 살빛을 보이고
너만 하나냐? 우리도 하나다.
강물더러 보라고 눈물을 합치고
너만 하나냐? 우리도 하나다

바람더러 보라고 숨결 합치고
너만 하나냐? 우리도 하나다
물더러 보라고 핏줄 출렁이며
모두 보라고 모두 보라고
더덩실 더덩덩실 더어더엉실 춤춘다.

깃발이 되더라

國土 14

내 몸을 떠난 팔다리일망정
쉬지 않고 늘 파닥거리는 뜻은
미움을 사랑으로 뒤바꾸기 위해서라서
그 행동의 끝을 끝끝내 만나기 위해서라서

길고 캄캄한 굴뚝 속의 한밤중을

맨주먹으로만 활보를 해도
어느덧 全身은 그냥 가득한
발광하는 빛이 되더라.

발광하는 빛이 되더라.
恨많은 휴지들이 끼리끼리 모여서
자기 살결에 오손도손 불을 지피는
이 치열한 靜寂 속을 활보하면
어느덧 전신은 천지간에 가득한
들끓는 가마솥이 되더라.
들끓는 가마솥이 되더라.
내가 날리는 목소리가 네 몸에 닿으면
네 몸은 곳곳을 부딪치는 함성이 되고

내가 뱉는 숨결이 네 몸에 닿으면
네 몸은 그냥 갈기갈기 찢기는 폭풍이 되고

내가 뿌리는 눈물이 네 몸에 닿으면
네 몸은 그냥 내리꽂는 폭포가 되고

내가 기른 머리털이 네 몸에 닿으면
네 몸은 원없이 나부끼는 깃발이 되더라

깃발이 되더라.
깃발을 올라타고 가물거리는 사랑은
사랑을 올라타고 또 떠나는 행동은.

석탄

國土 15

참나무 숨결이 파도치는 두 어깨며
지나치게 이글대는 두 눈망울,
온몸을 철조망 같은 심줄로 무장하고
도계탄광서 온 그 사내와 만나던 날
눈에 핀 다래끼여 터져버려라
터져버려라 다래끼여, 폭음을 했다.

이 趙哥야, 그 거창한 체구엔
노동을 하는 게 썩 어울리겠는데
詩를 쓴다니 허허허 우습다, 趙哥야.

굼벵이도 구르는 재주는 있는갑다고
회색 바바리코트 사줄 테니 詩人폼 내라고
왜 그리 못생겨 울퉁불퉁하냐고
악쓰고 힘쓰고 힘 뱉고 악 뱉고 있을 때

韓民族의 巨軀요 표준을 넘는 美男은
검다 검다 지쳐 흰빛도 튀기는
쌔카만 석탄을 생각하고 있었다.
아니 쌔카만 석탄이 되고 있었다.

맨 밑바닥에서 서러우나 즐거우나
언제 어디를 안 가리고 솟구치고
꿈틀거리는 석탄이 되어서
韓民族의 거구요, 미남인 나는
꺼멓게 꺼멓게 울고 있었다.

惡夢

國土 16

밤마다 내가 꾸는 꿈속에서는
참말로 신나는 사건들이
꼬리에 꼬리를 물고 늘어진다.

어떤 바람들은 살살 기어와
내 순한 살갗 속으로 잦아들어
볼륨이 낮은 樂器가 되어 흐느끼고
어떤 바람들은 수천개의 발을 달고 와
나를 강숁해버리기도 한다.

허허 내 몸은 허공에 뜬 白鷗
부끄러워 구름 밖으로 숨으려 하면
구름은 그냥 비켜서고 그 자리엔
내 몸만한 구멍만 뚫리고
어디 山脈에라도 가 숨으려 하면
산맥은 그냥 물러서든가 아니면
그 자리엔 내 몸만한 구멍만 뚫리고
숫제 땅속 깊이 꺼져버리기도 한다.

에라, 어둡고 어두운 밤하늘 속에
한마리의 夜光蟲으로나 박혀버릴까부다

땅속 깊이 化石으로나 박혀버릴까부다
이런저런 궁리를 하노라면

요것이 사랑이다. 요것이 사랑이다.
어떤 바람들은 수천개의 발을 달고 와
가물가물 환성을 지르는 관중을 향해
내리꽂는 강슛을 試圖한다.

가을 편지

國土 17

니 편지 엊그저께 잘 받았었다.
말을 종이에 옮기는 능란한 솜씨며
멋대로 써버린 達筆을 읽어가다가
피시시 웃음을 흘렸었다.

나이 설흔둘에 니 장가 걱정은 않고
이제 갓 대학강사가 된 林君의
婚事를 걱정하다니, 니가 바보인지
임군이 바보인지 참말로 어지러워져서

포장집을 찾아갔었다.
한 꼬쟁이 오원짜리 오뎅에다가
막소주 서너 고뿌는 얼마나
치밀한 괴로움인지! 외침인지!

니 편지는 내 폭음을 걱정하고 있었지만
술끝에 오는 酒邪를 걱정하고 있었지만
홀로 들이키는 막소주는 얼마나
치밀한 기쁨인지! 우정인지!

니 편지를 거듭거듭 읽다가

문득 無等山을 생각하고
가을 깊숙이 홀로 흩날리다 묻히는
낙엽들을 참말로 부러워하다가
두더지처럼 이불 속으로 기어들어
나는 한점 어둠으로 묻혔다.

山에서

國土 18

나는 늘 홀로였다.
싸움은 많았지만 승리는 늘 남의 것이고
남는 패배는 늘 내 것이었다.

배낭을 벗어 바위 곁에 놓고
신발을 벗는다, 양말을 벗는다.
콸콸 흐르는 물에 죄 많은 손발을 씻어내자
시리도록 시리도록 씻어내자.

高粱酒를 한모금 빤다.
솔직하고 빠르게 肺腑를 들쑤신다.

드디어 시야가 막히고
내 몸엔 검붉은 불이 붙는다.
검붉은 불이 활활 타오르고
"아서라 태일아, 해가 진다, 해가 진다, 어서 일어나거라"
아버님 목소리가 활활 타오르고,
눈물이 핑그르르 발등을 친다.
눈물이 핑그르르 발등을 친다.

앞산 뒷산 옆산이 다투어 다가서고

낙엽들은 내 옆에서 흩날리다 지고
山들이 조이니깐 하늘은
위로만 위로만 삐져나와 치솟는다.

고량주 한모금에 담배 한모금,
한모금 빨아 머리 위로 날리고,
한모금 빨아 앞뒷옆 산에 날리고
한모금 빨아 물 위로 날리고……

夕陽

國土 19

해를 삼키려고 한다.
저 우악스런 山이 아가리를 벌리고
날짐승들을 하나하나 삼키더니
세상에 하나뿐인 해를
마악 삼키려고 한다.

노을도 화가 치밀었는지
붉게 붉게 타오르고
길 잃은 갈가마귀떼들
힘겨운 나래를 퍼덕여 불길을 건너고

마침내 내 그림자는
나무토막처럼 길게 쓰러진다.

석양이다
어디서 뒤쫓아온 도끼인가, 쇠스랑인가
자빠진 그림자를 찍어 파넘기고……
그림자는 아프다고 서럽다고
온몸을 뒤척이며 일그러진다.

어디서 뒤쫓아온 가위인가, 작두인가,

자빠진 그림자를 자르고 가르고
피도 안 튀는 그림자는 아프다고 서럽다고
온몸을 뒤척이며 일그러진다.

머리털이 잘리우고 귀가 잘리우고
모가지가, 맙소사 모가지가 잘리우고
모든 것이 잘리우고
마침내 나는 긴긴 어둠으로 누웠네.

흐린 날은

國土 20

꿈과 현실은 항상 가깝게 있다.
손등에 없으면 손바닥에 있다.
그러므로 손등에 없거든 손등을 뒤집으라.
그러므로 손바닥에 없거든 손바닥을 뒤집으라.

번개는 꿈속에서만 치는 것이 아니다,
천둥은 꿈속에서만 우는 것이 아니다,
벼락은 꿈속에서만 치는 것이 아니다.
우박은 꿈속에서만 쏟아지는 것이 아니다.

번개가 친다, 아내야 바싹 다가오렴
흐린 눈빛이지만 부딪쳐보자.
천둥이 운다, 아내야 바싹 다가오렴
쉰 목소리지만 합쳐서 목청을 뽑자.
벼락이 친다, 아내야 바싹 다가오렴
四足을 동원해서 맨바닥이라도 치자
우박이 쏟아진다, 아내야 바싹 다가오렴
메마른 눈물이라도 곧게 떨쿠어보자.

아내야 흐린 날은 서러운 살결이나
축축하게 부비다가

전류가 잘 통하는 피뢰침을
당나귀 귀처럼 머리 위에 꽂고
의좋은 꼭두각시처럼 춤을 추자
높은 데 아니면 벌판이라도 좋다.
피뢰침을 꽂고 춤을 추자.

눈보라가 치는 날

國土 21

별안간 눈보라가 치는 날은
처음엔 풍경들은 풍경답게 보이다가는
그 形體들은 끝내 소리도 없이 묻힌다

눈보라가 치는 날은 술을 마시자
술을 마시되 체온을 생각해서 마시자
눈보라가 치는 날은 술을 마시자
술을 마시되 약간의 낭만을 위해서
국경선을 떠올리며 마시자.
눈보라가 치는 날은 술을 마시자
술을 마시되 失語症을 염려해서
두근거리는 가슴 열고 홀로라도
열심히 말을 하며 마시자.

눈보라가 치는 날 술이 없으면 어찌하나,
눈보라가 치는 날 국경선이 안 떠오르면 어찌하나,
눈보라가 치는 날 두근거리는 가슴 없으면 어찌하나,

신문지 위에나 헌 교과서 위에다가
술잔을 그리고 새끼줄이라도 칠 일이다.
앵무새 입부리라도 그리고

ㄱㄴㄷㄹㅁㅂㅅㅇㅈㅊㅋㅌㅍㅎ,
이런 子音이라도 열심히 그릴 일이다.
신문이나 교과서의 글씨가 안 보일 때까지
눈이 침침할 때까지, 뒤집힐 때까지
그리고 또 그릴 일이다.

눈보라가 치는 날은
처음엔 풍경들은 풍경답게 보이다가는
그 형체들은 끝내 소리도 없이 묻히니……

피

국토 22

피야, 너는 쏟을수록 붉고
피야, 너는 쏟을수록 아름다우므로
내 너를 무덤까지는
데리고 갈 생각은 없다만,

너를 그냥은 내보이지 않겠다,
머리카락이나 겨우 흔들고
놋대접 속의 숭늉이나 겨우 휘젓는
그런 하잘것 없는 바람만 불어와도
그냥 휘어지고 꺾이는
우리들 몸뚱아리 속에 흐르는 너지만

너를 그냥은 내놓지 않겠다.
십촉짜리 전등불만 보아도 물러서고
흐린 생선의 눈빛만 보아도 물러서는
그런 하잘것 없는 어둠만 밀려와도
그냥 쓰러지고 새카맣게 묻히는
우리들 몸뚱아리 속에 흐르는 너지만

너를 그냥은 빼앗기지 않겠다.
전엔 녹슬고 부러진 칼끝만 보아도

미리미리 쏟고 싶던 너였지만

피야, 이젠 그냥은 내보이지 않겠다,
피야, 이젠 그냥은 내놓지 않겠다,
피야, 이젠 그냥은 빼앗기지 않겠다.

목소리

國土 23

잃어버린 목소리를
어디 가면 만날 수 있을까,
잃어버린 목소리를
어디 가면 되찾을 수 있을까,

바람들도 만나면 문풍지를 울리고
갈대들도 만나면 몸을 비벼 서걱거리고
돌멩이들도 부딪치면 소리를 지르는데
참말로 이상한 일이다.
우리들은 늘 만나도 소리를 못 내니
참말로 이상한 일이다.

山川은 변함이 없고
숨결 또한 끊어지지 안했는데
참말로 이상한 일이다.
입들은 벌리긴 벌리는데
그 폼만 보이고
목소리는 들리지 않는다.

목소리는 아예 목청에 가둬뒀느냐,
山川에 잦아들었느냐,

내 귀가 멀어서
고막이 울지 못하느냐,

내 五官을 뒤집고 보아도
폼만 보이고 껍데기만 보이고,
목소리를 만날 수가 없구나.

굼벵이

國土 24

뒤안길에서 한 5천년 살아온
우리들은 낮도 그리워하고
밤도 함께 그리워하는가.

그래서 그런가
지금 내가 뒹구는 땅 위에는
낮도 많고 밤도 많아라

하룻밤을 썩은 이엉 속에서 살다가
햇빛 쨍쨍한 마당으로 내려와서
눈도 코도 입도 귀도 닫힌 채

허연 몸을 번쩍번쩍 뒤집고 뒤집어서
몸에 묻은 밤이슬을 그리움으로 말리다가
이내 몸을 꾸부리고 침묵하는……

누가 나더러 굼벵이라고만 하는가
밤마다 썩은 이엉 속으로 기어들어
이젠 눈도 코도 입도 귀도 열어놓고

드드득 이빨 갈아 어둠을 갉아먹고

눈깔 껌벅여 어둠을 갉아먹고
그리워서 하도 그리워서
달더러 보라고 몸 뒤채이며
밤이슬 맞는다. 밤이슬 맞는다.

바람아 내 몸을

國土 25

내 키가 아무리 길어도 하늘 밑에 놓이고 내 키가 아무리 짧아도 땅 위에 놓인다. 罪가 다닥다닥 붙어 솔방울 같은 내 머리통 위로는 빼빼 마른 파란 하늘이 쓸데없이 나를 압박하며 출렁이고 무슨 恨이 그리 많아 맨땅이라도 긁는 갈퀴 같은 내 발바닥 밑으로는 역시 물기 없는 황토흙이 목마른 숨결을 헉헉 몰아 발바닥을 충동질하며 꿈틀거린다. 그래 나는 이런 언덕 위에 깃발 없이 야윈 깃대 옆에 꼿꼿이 서서 헐벗은 풍경들의 몸 주위를 맴돌다가 흔들 깃발이 없어 스스로 슬퍼서 팔랑거리는 바람 앞에서 누더기의 깃발이라도 된다. 바람아, 어서 나를 흔들어라. 내 머리털이 몇개인지 모르나 바람아, 내 살갗의 숨구멍이 몇개인지 모르나 바람아, 내 핏줄의 길이가 얼마인지 모르나 바람아, 내 목구멍 속에 갇힌 목청이 얼마인지 모르나 바람아, 어서 나를 흔들어라. 저 하늘과 이 땅 사이에서 우리들은 어쩔 수 없는 인연으로 여기 서 있다. 아쉬운 대로나마 흔들어라. 나도 슬슬 내 몸을 스스로 흔들마.

한 마리 짐승
國土 26

캄캄한 밤중에
홀로 들판을 지키고 서서
수많은 별들이 허기진 이빨로
뜯어먹고 남은 찌꺼기의 그믐달을
눈썹 위에 걸치고
모가지에 걸치고
나는 혈압이 높다.
나는 혈압이 높다.
그렇다,
그렇다,
목청이 남아도는 새카만 짐승은
울음 우는 속도가 빠르고
울음은 뜨거워

캄캄한 밤은 혈압이 높다.
한 마리의 짐승은 혈압이 높다.

九萬里
國土 27

구만리를 날지 못하는 파리떼들은
구만리를 단숨에 날으는
구만리 길을 鵬새의 날개에 찰싹 붙어
구만리를 역시 단숨에 날고
구만리를 제 능력으로 날았다고 뻬기고

구만리 높은 창공에서
구만리 높은 곳은 스릴이 있어 좋구나!
구만리에서 파닥거리는 붕새 따라
구만리에서 까마득히 파닥거리다가

구만리 밖에서 아찔아찔 미쳐서
구만리 밑으로 떨어질
구만리 같은 무서움을 알고
구만리 밖에서 오래오래 떨고만 있고

겨울의 언 땅을 쑤시며
날개가 잘리운 나무들은
물길 따라 땅속 깊이 뿌리를 내리고

돌멩이들은 한사코
地上을 떠나지 않고……

풀어주는 목소리
國土 28

답답한 목소리는 풀어야 한다.
기필코 풀어야 한다.
조건없이 풀어야 한다.

얽매인 목소리를
모든 만물의 눈에까지 훤히 보이도록
국토 위에 野生馬처럼 풀어주어야 한다.

그리움이 넘쳐서
보이지 않는 목소리가 더욱 그리워서
산천은 누운 채 가슴 답답하다더라.

내가 풀어주는 목소리는
굳은 수풀을 파아랗게 흔들고
흔들리는 시커먼 그림자를 흔들다가

돌멩이에 닿아 소리치고
바닷가의 무수한 모래알에 닿아
일어서게 하고 반짝이게 하고
만물에 닿아 흔들리는 빛으로 터지고
또한 그리움으로 피어오르리.

빈집에 황소가

國土 29

돼지꿈이나 한번 꾸었으면
하던 그 꿈마저 찢기고 빼앗긴 채
우두커니 서서, 멀거니 서서,
빈집에 뿔 꺾인 황소
들어가는 것을 바라본다.

빈집에 웬놈의 먹을 것이 있겠는가.
이 병신아 사람이 살아야
찌꺼기도 있지 않겠는가, 이 병신아.

빈 솥뚜껑이나 핥고
불 꺼진 잿더미나 뒤집다가 나오는
뿔 꺾인 황소를 본다.

주인은 어디 갔는가,
누가 훔쳐갔는가,
누가 소리도 없이 죽여버렸는가.

이 병신아, 니가 안 죽였나!
니가 안 죽였어?

살다보니
눈 코 입 귀 살갗 등등이
다 병신이 되겠네.

버려라 타령
國土 30

아무리 아무리 아니라 해도
신문은 곧 휴지일진댄
알알이 태연히 잘못 박힌 活字야
썩은 피래미 눈깔아, 차라리 뒤집혀서
시커먼 覆字로 눈멀어 버려라
시커먼 覆字로 눈멀어 버려라

아무리 아무리 아니라 해도
라디오와 텔레비는 古鐵일진댄
죄없는 老母와 여편네와 두 갓난애기의
귀와 눈들을 할일 없이 들쑤시는
목소리야 황소 울음소리야 제발 꺼져 버려라
부셔버리기 전에 던져버리기 전에 꺼져 버려라

금순이만 굳셀 일이 아닐진댄
고바우 각하야 두꺼비 각하야 야로씨 각하야
나원참여사 각하야 왈순아지매 각하야
굳세어 버려라 굳세어 버려라

움직이는 곳에 진리가 있을진댄
머리비듬아 일어나 버려라

살비듬아 일어나 버려라
무좀에 시달린 발가락아 제발
꼼지락거려 버려라 꼼지락거려 버려라.

베란다 위에서

國土 31

관악산 꼭대기로
보름달이 솟는다.

베란다 위로
돌 갓 지난 長男과 함께 오른다.

놈은 '꽁, 꽁, 꽁' 중얼거리면서
달을 향해 무수히 헛발질을 한다.

한평 남짓한 온돌방에서
미끄러지며 비닐공을 차고 놀듯

보릿대춤을 추면서 헛발질을 하느라
왼쪽 오른쪽 발톱에 멍이 들고

드디어 놈은 분에 못 이겨 운다.
달을 따다가 놈의 발끝에 대달라는

그것은 환상이며 착각이며
순리에 어긋난 독재렸다.

어린 몸뚱아리를 끌어안고
아직 낯선 어려운 말을 들려준다.

‘선의의 독재이건 악의의 독재이건
그것은 독재다. 그것은 독재다’

놈의 어린 귀를 끌어당겨
귀청이 터져라 낯선 말로 울부짖는다.

‘선의의 재롱이건 악의의 재롱이건
그것은 蠻勇이다. 그것은 蠻勇이다’

집안 사정이지만
주인집 식구들의 귀에도 들리라고

대문을 넘어 이웃까지 들리라고
어린놈도 울고 어른도 운다.

가을

國土 32

누군들 감히 입을 열랴?
온갖 事物들은 제가끔 터질 듯 터질 듯한
한덩어리의 영혼으로 영글었어라.

누군들 감히 아까와하랴?
숨김없이 모두 드러내놓는 저 겸허한 빛을 향하여
우리들 눈빛이며 살빛도 바칠 일이어라.

누군들 감히 기도를 안하랴?
저 한량없이 깊고 다수운 사랑 앞에
아직 덜 익은 침묵일망정 던져볼 일이어라.

누군들 감히 입을 열랴?
누군들 감히 아까와하랴?
누군들 감히 기도를 안하랴?

우리네의 童貞

國土 33

天地間엔 고요함만 가득 고여
파장이 되려 하고,
죄 안 짓고 죄지은 양 고개 떨쿠는 일도
우리네의 타고난 童貞이기도 하지만
끊이지 않는 아우성을 만들어내는 일도
우리네의 童貞이다.

五官을 두루 갖추고 태어나는 일도
우리네의 전통이기도 하지만
사는 날까지 부끄럼 없이 죽는 날까지
五官을 쉴새없이 움직이면서
五官을 잘 지켜내는 일도
우리네의 전통이다.

우리네 할아버지가 어떤 여자를 얻어
우리네 아버지를 낳고
우리네 아버지가 어떤 여자를 얻어
우리네를 낳고
우리네 역시 어떤 여자를 얻어
어린 자식들 낳아 기르듯

동정은 전통을 낳고 전통은 동정을 낳고
아우성은 고요를 낳고 고요는 아우성을 낳고
어둠에 묻힌 파장은 새벽의 닭울음소리를 낳고
우리네의 동정과 전통은 이제
수천만을 헤아리는 五官을 낳아 갖췄느니
마음을 빼앗기고 눈을 빼앗기고
귀를 빼앗기고 입을 빼앗기고
타고난 살결 숨결까지를 빼앗기면 쓰겠어?

아무리 파장이 되려 하고
天地間에 고요함만 가득 고였다손 치더라도!

푸른 하늘과 붉은 황토
國土 34

아내와의 모든 접선도 끊어버리고
말 배우는 어린 새끼들과의 대화도 끊어버리고
나를 가르친 모든 책으로부터도
中古가 돼버린 철없는 장난감으로부터도
멍청한 家具들로부터도 떠나버리자.

아이고 무서워
아이고 무서워

그림자를 고요히 고요히만 밝혀주는
달빛 별빛으로부터도,
무수히 발바닥을 포개보던
광화문이며 종로며 태평로로부터도
자유다 평등이다 인권이다 민주다 의무다 국민이다
어쩌고 하는 한국적 표준말로부터도 떠나버리자.

아이고 무서워
아이고 무서워

망우리 근처 푸른 하늘 밑의 풀잎들은
그렇게 푸르기만 하며

푸른 하늘 밑의 황토들은
그렇게 붉기만 하며
푸른 하늘 밑의 무덤들은
그렇게 고요히만 누웠냐

아이고 무서워
아이고 무서워

바람 자고 소리 끊겨 고요하기는 해도
끝간 데 없는 푸른 하늘은 저리 답답하단다.
푸른 풀들이 흔들리긴 해도
하늘 밑에 깔린 황토들은 저리 답답하단다.

일편단심
國土 35

내 이웃은 물론 사돈네 팔촌도 물론
사촌 삼촌도 물론 先塋도 물론
내 밑에 딸린 식솔까지도 배반해버렸어.
순전히 고집 하나만으로 배반해버렸어.

고집 말고는 자랑할 게 있어야지?
머리통이 가려우면 무수한 머리카락을
면도날로 새파랗게 밀어버리고
발가락이 가려우면 열 개의 발가락을 작두로 눌러버렸어.
열 개의 손가락도 눌러버렸어.
뵈는 게 보이면 눈알을 파버리고
들리는 게 들리면 고막을 쑤셔버렸어
코를 잘라버리고
입을 찢어버렸어.

너무하시지 않느냐구?
이봐 뭐가 너무해?
내가 할 일은 아직도 많아!

나 같은 병신은 자손을 치지 않는 일
한번 미치니 꿈도 현실로 보이고

현실도 꿈으로만 보이고
내가 할 일은 이 만신창이로

山川도 밀어버리고
내 고집 가꾸는 일
모두 모두 밀어버리고
내 몰골만 세우는 일.

비 내리는 野山

國土 36

아무리 위에 있는 먹구름이라지만
天理대로만 내려주시압.
비만 퍼붓고 철 잃은 비만 퍼붓고
아무리 밑에 있는 것들이라고 하지만
이대로 젖어버리고만 있을란가.

비 그치면 호박넝쿨들은
넝쿨끼리 비비고 꼬여서
쏜살같이 하늘을 향해 기어오르다가
산봉우리라도 올라타기도 하지만
노오랗게 노오랗게 함성 지르며
산봉우리라도 뒤덮어 활짝 피어나기도 하지만

비 그치면 날짐승들은 햇빛 그리워
비 젖은 날개 숨가삐 푸득거리며
위로만 위로만 솟아
먹구름과 만나서 혹은 맞붙어
천둥소리라도 내고
번개라도 치지만

野山엔 비만 내리고

내 가슴벽에 송곳처럼 비는 꽂혀
이리 비틀 저리 비틀
야산은 흠뻑 젖어 무겁게 흔들리고
서녘하늘과 동녘하늘은 온데간데없단가.

태양은 먹구름 속에 갇혀
무수한 별빛만 긴긴 어둠속에서
버려진 고아처럼 허기져
마지막 눈빛만 반짝! 반짝!

사투리

國土 37

山川에 가득 퍼지던 사투리
그 목소리에 매달리던 세월,
폭풍에 씻겨 잠잠하네

산천에 가득 놀던 짐승들
그 팔다리에 붙던 힘
먹구름에 덮여 안 보이네.

세월아 사랑 끝낸 세월아
내 마음 떠나 산 넘고 강 건너
돌아가는 세월아.

순이를 할머니 만들어놓고
돌이를 할아버지 만들어놓고
사람들 송장 만들어놓고
낭랑한 목소리 모두 침묵 만들어놓고

사투리여 사투리여
산천을 비워놓고

내 마음 떠나 내 울음 크게 울려놓고
눈을 감는가 귀를 닫는가.

소나기의 魂

國土 38

이렇게들 살다가 저렇게들 살다가
사람은 그렇게들 살다가
자손들일랑 땅에 남겨두고
보이지 않는 魂이 되고
혼은 거듭 살아서
하늘로 솟아올랐다가
마른 하늘로 목이 타면
구름 속으로 사알짝 끼어들었다가
땅 위의 일들을 그리워하다가
언짢아하다가 드디어
구름을 충동질하다가

벼락 한 방이면 작살날 애들이
번개 한 방이면 눈 멀 애들이
꼴도 좋게 육갑지랄들 한다, 어쩌고
한바탕 칭얼대다가 까무라치다가
구름 속에서 그렇게 살다가 보채다가
죽어서 쏜살같이 소나기가 되고
소나기는 거듭 살아서

땅 위에 길게 꽂힌 깃발이 되고

참 오랜만에 듣는 소문이 된다.
믿어 의심치 못할 아우성이 된다.

모래 · 별 · 바람

國土 39

저 파도 우는 소리 듣고파서
저 넓은 가슴팍에 안기고파서
수많은 모래들은 밤낮으로
바닷가에 귀 세우고 모여앉아
끼리끼리 몸 비비며 반짝일 뿐!
헤어져 돌아올 줄 모른다.

저 대낮의 잠이 그리워서
저 가없는 푸름에 안기고파서
수많은 별들은 긴긴 밤을
달 주위에 모여 뜬눈으로 반짝일 뿐!
돌아앉아 눈감을 줄 모른다.

저 일렁이는 숲의 숨결을 듣고파서
저 깊고 푸른 고요를 일깨우고파서
수많은 바람들은
잎새에 붙어 조잘거릴 뿐!
돌아와 폭풍이 될 줄 모른다.

아직은 모래고 별이고 바람일 뿐!
헤어져 돌아올 줄 모른다

돌아앉아 눈감을 줄 모른다.
돌아와 폭풍이 될 줄 모른다.

가을·목소리·펜
國土 40

제자리로 돌아가서 허물없이
만나고 소리치는
저 나뭇잎들
저 짐승들
저 바람들
저 소리들
저 滋養分들
아아, 저 풍요한 가을들

내 귀는 닫혀서
내 눈은 감겨서
내 입은 아물어서
내 팔다리는 묶여서
이 캄캄한 펜으로는
차마 차마 적을 수가 없네.

제자리로 돌아가 서로들 만나지만
항상 비어 있는 우리들 식탁의
그 얼굴들
그 웃음들
아아, 그 그리운 목소리들.

제자리로 돌아가 서로들 만나지만
돌아가지 못하는
저 양심들
저 지혜들
저 투쟁들
저 자유들
아아, 저 영생의 藝術들.

내 귀는 닫혀서
내 눈은 감겨서
내 입은 아물어서
이 캄캄한 펜으로는
차마 차마 적을 수가 없네.

달

國土 41

수많은 별들을 이끌 때라야만
달은 피어오른다.

수많은 별들을 이끌고
달이 피어오른다.

목에 찬 저 恨의 덩어리를
어떤 바람이 감히 쓸어버리랴.

더러는 집을 나가 돌아오지 않고
더러는 영영 생명을 버린
자식들을 차마 못 잊은 채
남은 자식들만이라도 무릎 가까이 모아 앉히고

순한 우리 어머니들이
못다 베푼 사랑을 피워올리듯
그 사랑이랑 함께 피어오르듯
우리들의 캄캄한 가슴엔
수많은 별들을 이끌고
달이 피어오른다.
순한 어머니가 피어오른다.

어떤 바람이 감히 이 사랑을 쓸어버리랴.
어떤 칼날이 감히 이 자유를 베버리랴.

내가 뿌리는 씨앗은
國土 42

모든 맹렬한 싸움은 끝났다.
이 고요하고 고요한 시간에
가릴 것은 가리고, 버릴 것은 버려야지.

사람아, 사람아, 떠나가라.
나로부터 떠나가라.
내가 딛는 땅도 내가 받는 밥상도
떠나가라 떠나가라.

그리하여 혼만 남고 내 육체도
내가 걸치는 옷도 땀도 때도
손톱도 발톱도 털도 떠나가라.

산과 하늘이 마주 닿는
저 파아란 地平의 저 넘치는 뜨락에는
마음놓고 뿌릴 수 있는 品種이란
내 혼의 씨앗이어라
산간벽지 호젓한 개울물로 씻은
내 혼의 씨앗이어라.

사람아 사람아

모든 맹렬한 싸움은 끝났지만
최후로 이길 수 있는 싸움이 남아 있다.

아아! 그것은 죽는 일인데
죽어서 다시 깨어나는 일인데
아아! 그것은 씨앗을 뿌리는 일인데
우리들은 아직 혼을 찾지 못했는데

산과 하늘이 마주 닿는
저 파아란 地平과 뜨락만 넘쳐나네라.

겨울에 쓴 自由序說

國土 43

1

우리들의 눈은
허름한 날품팔이의 일거수일투족에서
이 시대의 눈물을 본다.
우리들의 입은
뚜껑 덮인 청계천처럼 더럽고 컴컴한
야간 완행열차를 바다로 끌고 가
파도 끝에다 함성을 보태고

우리들의 귀는
닫아도 닫아도 거듭 열려서
말 못하는 침묵을 듣기도 한다.

2

어느 비린내 나는 시장 모서리
포장도 없이 썰렁한 싸구려 음식점에서
이십원짜리 멀건 수제비 한 사발과
깍두기 두어 점으로 배를 채우고
험란한 팔다리를 끌며 생활을 찾아

일어서는 우리들의 형님과 누나들

웅크리고 있던 겨울 바람도 일어나
윙윙거리며 따라나선다

3

肝이 콩알만해지는
우리들의 메마른 땅 우리들은
두서없는 말이라도 뿌린다.

기왕에 두서없는 땅
순서가 뒤바뀌어서 뿌리가
하늘로 솟는 땅

솟아서 비나이다 비나이다
우리 하나님께 비나이다

우리들의 머리 위로 내닫는
고압선 고압선 고압선을
우리들 목에 걸어주시옵소서

발버둥치며 이 땅의 구석구석을
더운 가슴으로 더듬으며
이 겨울을 불지피며 기어다니리니

눈물

國土 44

바람 속에 피는 슬픔이었다가
햇빛 속에 반짝이는 기쁨이었다가

바람이었다가 햇빛이었다가
슬픔이었다가 기쁨이었다가

땅속 깊이 흐르는 물이었다가
땅 위로 솟아난 바위였다가

끝내 입을 여는 침묵이었다가
끝내 소리치는 말이었다가

나의 가장 소중한 생명으로 돌아오는
너의 가장 소중한 생명으로 돌아가는

오오 충만한 울음아
울음아.

얼굴
國土 45

못생긴 얼굴끼린데
니 얼굴 내 얼굴 가려 무엇하랴

내 얼굴 쓰러지면
니 얼굴 와서
내 얼굴로 피어나고

니 얼굴 쓰러지면
내 얼굴 가서
니 얼굴로 피어나리니.

못생긴 얼굴끼린데
니 목소리 내 목소리 가려 무엇하랴.

내 목소리 갈앉으면
니 목소리 와서
내 아우성으로 피고

니 목소리 갈앉으면
내 목소리 가서
니 아우성으로 피어나리니.

겨울
國土 46

얼어붙은 땅덩어리를
우리들의 피곤한 발바닥으로나마
포개지 않으려느냐.

얼어붙은 하늘을
우리들의 죄 많은 손바닥으로나마
어루만지지 않으려느냐.

얼어붙은 목소리를
우리들의 지친 아우성으로나마
풀어보지 않으려느냐.

땅덩어리는 끝끝내 우리들의 것
하늘은 끝끝내 우리들의 것
목소리는 끝끝내 우리들의 것

발바닥 포개기 그리 죄스럽고
손바닥 어루만지기 그리 민망스럽고
목청 뽑기 그리 고달픈가.

그리움·아수라장

國土 47

온종일 모우터가 울고
기계들도 뒤질세라 울부짖으며
제 살을 깎아내리지만,

온종일 팔다리가 움직이고
야윈 가슴들도 뒤질세라 파닥거리며
쫓겨난 그리움을 그리지만,

어디까지 쫓겨갔는지
그리움은 그리움은
아직도 돌아올 줄 모르네.

온종일 땅이 흔들리고 산천초목도 울지만
이렇게 우리들은 발을 구르며
아수라장이 되어서 기다리지만

어디까지 쫓겨갔는지
그리움은 그리움은
아직도 돌아올 줄 모르고

하늘만 멀리멀리 물러앉아서
우리들의 아수라장만 비춰 보이네.

어머님 곁에서

온갖 것이 남편을 닮은
둘쨋놈이 보고파서
호남선 삼등 야간열차로
육십 고개 오르듯 숨가쁘게 오셨다.

아들놈의 출판기념회 때는
푸짐한 며느리와 나란히 앉아
아직 안 가라앉은 숨소리 끝에다가
방울방울 맺히는 눈물을
내게만 사알짝 사알짝 보이시더니

타고난 시골솜씨 한철 만나셨나
山一番地에 오셔서
이불 빨고 양말 빨고 콧수건 빨고
김치, 동치미, 고추장, 청국장 담그신다.
양념보다 맛있는 사투리로 담그신다.

—엄니, 엄니, 내려가실 때는요
　비행기 태워드릴께.
—안 탈란다, 안 탈란다, 값도 비싸고
　이북으로 끌고 가면 어쩌게야?

옆에서 며느리는 웃어쌓지만
나는 허전하여 눈물만 나오네.

空山明月

내가 사는 마을엔 늘
光 달린 달만 혼자 차오른다.
光 달린 삼월 벚꽃은
가까운 어디에 피는 것 같은데도
끝끝내 안 들리고 안 보인다.

만나야! 광땅인데
만나야! 무릎 치는 광땅인데
별일이다. 참말로 별일이다.
눈 위의 눈썹이고 입 옆의 귀인데도
다 안 보이고 다 안 들리다니

저 旅客船 엎어질 때도
달만 혼자 차올랐다더냐?
혼아, 혼아, 겨울바다에 깔린 혼아,
고이 잠드소서란 말은
다 거짓말이오니
저세상에 가서라도 행여 잠들지 말고
열심히 열심히 움직이시라.

움직이는 이, 보는 이, 듣는 이,
광땅을 잡나니 광땅을 잡나니.

가거도

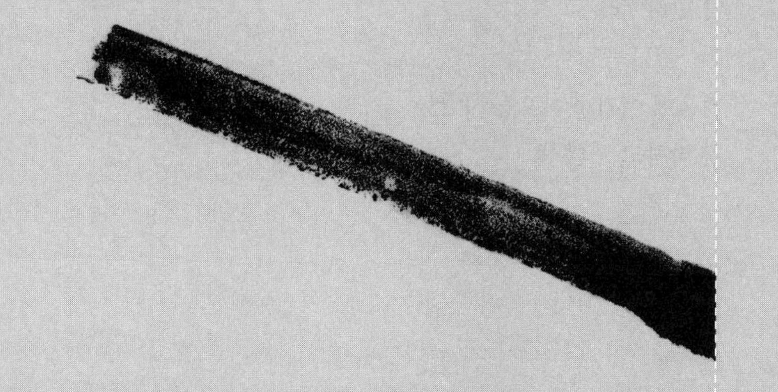

오동도

매서운 겨울 칼바람에
떨며 조바심하며
바다 가운데
동 동 동 떠 있는
한덩어리 마음들.

저 붉게 붉게 다투어 터지는
동백꽃망울로
뜨거운 소리 만들고
저 부끄럼 없이 하늘로 솟는
시누대로
화살을 만들자.

바다 위를 거닐며 혹은 나지막이 떠서
한패거리로 행렬 지으며
겨울 갈매기들이
꺼이꺼이 울부짖는 뜻
알 만하여라.

겨울에 여기 찾아오는 사람들
참 착하고 예쁜 뜻

알 만하여라.

매서운 겨울 칼바람에
떨며 조바심하며
동백꽃망울로 터지는 뜻
알 만하여라.
화살로 나는 뜻
알 만하여라.

寓話

어느 날 어느 날일 것입니다.
한 사나흘 굶어도 배고프지 않고
한 사나흘 책 덮어도 모를 것 없을,
한 사나흘 화장 안해도 얼굴 환하고
한 사나흘 말 안해도 답답하지 않을,

어느 날 어느 날일 것입니다.
할아버지 할머니들은 청년으로 오고
소년 소녀들도 청년으로 달려가
한바탕 어우러질,

어느 날 그 어느 날
저마다 남들이던 시간들도
우리들 곁에 이웃으로 와서
제 살에 살에 불 지피고
우리들도 함께
제 살에 살에 불 지필 것입니다.

자유나 정의, 혹은 진리나 꿈,
이런 기막힌 관념들도 청년으로 피어서
제 살에 살에 불 지필,

어느 날 그 어느 날
이 땅은 꽃밭으로 있을 것입니다.

어머니

열일곱에 시집오셔
일곱 자식 뿌리시고
서른일곱에
남편 손수 흙에 묻으신 뒤,

스무 해 동안을
보따리 머리에 이시고
이남 땅 온 고을을
당신 손금인 양 뚝심으로 누비시고
훤히 익히시더니,

육십 고개 넘기시고도
일곱 자식 어찌 사나
옛 솜씨 아슬아슬 밝히시며
흩어진 자식 찾아
방방곡곡을 누비시는 분.

에미도 모르는 소리 끄적여서
어디다 쓰느냐 돈 나온다더냐
시 쓰는 것 겨우 겨우 꾸짖으시고,

돌아앉아 침침한 눈 비비시며
주름진 맨손바닥으로
손주놈의 코를 행행 훔쳐주시는 분.

통곡

캄캄한 밤하늘
아래서
키 큰 전봇대는
몸을 숨기고
종일 울었다.

서울에서 부산까지
혹은 목포까지
이 시대를 달리면서
조심 조심 울었다.

들판을 달리다가
강을 뛰어넘다가
산등성이를 숨가삐 오르다가

하늘더러 하늘이라 말하고
바람더러 바람이라 말하고
겨울더러 겨울이라 말하고
울음더러 울음이라 말하고

차가운 하늘

아래서
키 큰 전봇대는 몸으로 울었다.
휘잉휘잉 이 겨울을 울었다.

내가 아는 詩人 한 사람

세상엔 벽에 걸 만한
상상의 그림이나 사진들도 흔하겠지만
내가 아는 시인의 방 벽에는
춘하추동, 흑백으로 그린
녹두장군 초상화만 덜렁 걸려 있다.

세계의 난다 긴다 하는
예술가며 정치가며 사상가며
지 할아버지며 할머니
지 아버지며 어머니,
병아리 같은
지 귀여운 새끼들 얼굴도 흔하겠지만,

내가 아는 시인의 방 벽에는
우리나라 있어온 지 제일로 정 많은 사내
녹두장군의 당당한 얼굴만
더위도 추위도 잊은 채 덜렁 걸려 있다.
손가락 펴 헤아려보니 지금부터 80년 전,
농부로서 농부뿐만 아니라
나라와 백성에게 가장 충실해서
일어났다가 역적으로 몰려

전라도 피노리에서 붙들린 몸,
우리나라 관헌과 왜군들의 합작으로
이젠 서울로 끌려가는
들것 위의 녹두장군.

하늘을 향해 부끄럼 없이 틀어올린 상투며,
오른쪽 이마엔 별명보다 훨씬 큰 혹,
무명저고리에 단정히 맨 옷고름,
폭포처럼 몇가닥 곧게 뻗은 수염,
천리길을 몸 묶인 채 흔들리며
매섭고 그러나 이젠 자유스런 눈빛으로
산천초목을 끌어안은 녹두장군.

처음에는 아이들도 무섭다고 무섭다고
에미의 품안을 파고들었다지만,
이젠 스스럼없이 친해져서
저 사람 우리 할아부지다
저 사람 우리 할아부지다
동네 꼬마들을 불러들여 자랑을 일삼는단다.

까짓것 희미한 자기 혈육 따져 무엇한다더냐

그 녹두장군을 자기네 집 조상으로 삼는단다.
내가 잘 아는 시인 한 사람은.

대낮

파란 하늘 아래
잠자리 날고

잠자리 날개 아래
파란 연못 잠들었다.

하늘 위에는 가끔
연못 잠잠거리고

연못 위에는 쉴새없이
잠자리 삼삼거리고

사나운 바람도
잠자리 날개에 잠들었다.

사나운 먹구름도
연못 속에 잠들었다.

그림자 타령

세상에,
세상에,

내가 거느리는 그림자는
이 간밤에 잠만 자는지
영 보이지 않는다.

온 땅을 따라다니면서
그리도 울며불며 보채더니만
땅속에 스며들었는지
누가 훔쳐버렸는지
온데간데없다.

소리의 그림자
그 팔팔하던 팔다리의 그림자
햇볕이 쨍쨍하던 날은
그리도 활달하던 그림자
날이 저물어 더 생각나는 그리움.

시인 金洙暎은
풀은 바람보다 먼저 일어나고

바람보다 먼저 눕는다고 노래했는데

우리들의 그림자는
햇볕보다 먼저 깨어나고
햇볕보다 먼저 잠자는지,
육체보다 먼저 일어나고
육체보다 먼저 쓰러지는지,

네 눈으로는 도무지 볼 수 없고
내 눈으로도 도무지 볼 수 없지.
세상에. 세상에.

南陽灣의 별

마음들이 타고 마를 때
젖은 밤하늘 우러러
수많은 사람들은 모가지를 다투어 쳐들고

그 꿈마저 다하고 막힐 때
모가지들은 끊어지고 부서져서
젖은 밤하늘에 산산이 박힌다.

두고 온 야전의 밤하늘을 누비는
별똥빛보다도 더 바쁘고
두고 온 남산 하늘에 뜨는
불꽃보다도 더 뜨거운 별들.

긴급으로 태어나서
위태위태하게 살결 나누다가
위태위태하게 쓰러지는 몸을 이끌고
모래처럼 몰리고 쓸려서
남양만에 가득 모였다.

더이상 울음으로 채울 수 없는
한국의 하늘은 천년이고 만년이고

저러한 마음들로 가득하여서

이젠 쏟아지누나
하늘도 무거운 마음
이젠 쏟아지누나

불도저도 가쁜 숨결
타고 마른 마음들을 왼종일 갈아엎는구나.

황혼

해가 지려 하면 풀잎들은
유난히도 서걱인다.

차갑고 어두운 살결을 열어
친구야 우리 서로 몸을 비비자.

처녀 적 죄지은 우리들 누나의 얼굴보다도
훨씬 더 당황하고 훨씬 더 붉은
하늘 아래서
우리는 고달픈 몸을 흔든다.

어머니의 마음보다 더 강하게
아롱아롱 맺히는 눈물은

어둠이 입 벌려
삼켜버리지만
눈뜨고 보아라
순식간에 별이 되고
달덩어리로 걸리잖니.

친구여

서걱이는 풀잎과 함께 흔들려
눈뜨는 별이 되든지
달덩어리가 되든지 하자구!

겨울소식

광주를 온몸에 흠빽 적셔
터벅터벅 그 친구는 서울엘 와서

늘 외롭고 힘없는 내 손을 쥐고
눈과 손으로 광주를 건네주지만

내 허전한 마음까지 건네면 쓰나
내 찌든 몸까지 건네면 쓰나

찬바람 속에서 광주는
큰 애를 뱄다더라.

찬눈에 덮여서도 무등산은
그렇게도 우람한 만삭이더라.

광주를 온몸에 적셔서
서울의 내 곁에 사알짝 놓아두고
터벅터벅
서울을
떠나버리는 친구!

공원

鐵柵으로 에워쳐진
겨울아침 공원은
찬바람 말고는
다 얼어붙었다.
동네 아이들이 뿌렸던 조잘거림도
침략군처럼 와글와글 짓밟던 발자국도
후미진 구석으로 쓸렸거나
그냥 그 자리서 쩌렁쩌렁 얼어붙었다.

하늘에서는 그렇게들 까불며
신나게 내려오던 눈들도
한 몸, 두 몸, 세 몸,
하얀 침묵으로 엎드렸다.

덜미 잡히지 않은 휴지조각이 찬바람에 쓸리며
겨우 파닥거리긴 해도
거기 버려진 사연들도 얼어붙었다.
공원 곁을 바삐 지나는 내 발걸음도
자꾸만 후미진 곳으로 쓸리거나
그 자리에 그냥 얼어붙으려 한다!

빗속에서

누워서 앉아서 기다리면 되나
서서 서성거려도 도무지 오지 않는
소식 만나고파서

머리 위에서 내려쏟고
발바닥 근처에서 치솟는
빗속을 허우적이며 뛰어갔으나

그 소식 영 들리지 않고
젖은 산들만
눈 속에 가득 고여

눈감은 채로 그 산들 훔쳐내며
혹은 밀어앉히며
빗속을 처벅처벅 걸어갔으나

그 소식 영 들리지 않고
발 아래는 내 젖은 그림자 가득 안고서
강물만
강물만 출렁이네.

파도처럼

나아가다 밀리고 나아가다 부서질지라도
노래 위에서 함성 위에서 출렁이다가
벙어리로 벙어리로 그 자리에 주저앉아
누울지라도 누울지라도.

나아가다 불붙고 다시 나아가다 타오를지라도
모두 모두 나아가 한줌 재로 날리다
무덤 위에 무덤 위에 내려앉아
잠들지라도 잠들지라도.

그날의 무덤은 그날의 세상은
홀로 홀로 밝혀 파도치듯 파도치듯
살아날 것이로되 살아날 것이로되.

사월이여 들끓어다오
무덤이여 들끓어다오
다시 나아가다 무덤이 되고
다시 돌아오다 무덤이 되고
끝내 돌아와 고요한 무덤으로
누울지라도 누울지라도.

진달래꽃 진달래꽃

어찌 된 일인지 사월이면 흔들린다.
한편의 시를 향하여 몸부림쳐도
꼼짝 않던 그 상상력이란 놈도
흔들리고 흔들려 끝내 방도 흔들린다.

어찌 된 일인지 사월이면 흔들린다.
시를 쓰는 손도 펜도 흔들리고
사월 사월 사월 사월이라 불러보는
입술도 심장도 유난히 흔들린다.

신나는 일이다. 사월이면 흔들린다.
진달래꽃 진달래꽃 벙그는 바람에도
풀잎들 돌멩이들 덩달아 흔들리고
지쳐 누운 산천도 일어나 흔들린다.

죽을 때까지 안아도 싫증 안 날 사월에
두 팔을 벌리면 한아름에 안기는
한라산 백두산인 것을
진달래꽃 진달래꽃 산천인 것을.

펜 닳도록 시 써도 한없을 사월인 것을.

하늘은 저리 막히고 무거워서
모가지를 모가지를 들 수가 없는가
사월 사월 사월 사월인 것을.

아지랑이 사랑

그리워 그리워 봄언덕에 올라서
아지랑이랑 아지랑이랑 놀고 온 날 밤엔
임의 임의 순결인가 임의 임의 눈빛인가.

아지랑이들 아지랑이들 방까지 따라와
어른대며 감기며 혹은 보채며
벌거벗은 몸살로 잠 못 이루게 노니네.

불타는 마음들

울안의 타는 마음들 끌어내어
비를 맞고 비를 맞고

비에 젖은 마음들 뒤집어
햇빛을 받고 햇빛을 받고

햇빛에 그을린 마음들 반짝여
햇빛에 길들이고 햇빛에 길들이고

햇빛에 길들인 마음들 모아
들판에 세우자. 들판에 세우자.

누가 뭐래도
우리들 마음들을, 불타는 마음들을.

겨울새

하늘을 날아가던 새떼들
푸른 자리에 박혀버렸다.

눈보라 속을
그 작은 눈으로 껌벅거리며

매운 눈물 흘리며
거기까지 날아갔으나
눈물까지 얼어붙어서
앞을 볼 수가 없단다.

어수선한 하늘을
그 작은 날개짓으로 파닥거리며
가슴 두근거리며
날으고 날으고 날아갔으나
솜털까지 얼어붙어서
이젠 더 날아갈 수가 없단다.

겨울 밤하늘의 별들이여
그렇게도 목메이게
띄워올렸던 만세소리여.

쏟아지려무나
우박이라도
새떼라도 좋다
쏟아지려무나.

친구에게

내가 맡기고 온 고향
니가 잘 보살피고 있겠지.

나의 허물까지를 약점까지를
니 수염 쓰다듬듯이
그렇게 잘 쓰다듬고 있겠지.

뙤약볕에 그을릴 대로 그을린
광주천의 돌멩이들도
그 자리 놓인 대로 꼼짝거리고 있겠지.

친구야
겨울이지만 지금 내 가슴 더워서
이 펜도 더워서 들끓구나.

친구야
이 추운 겨울을 탈없이 넘기는 일은
쉬지 않고 늘 꼼짝거리는 일.
깨문 입술이라도 달싹거리는 일.

친구야

나와 니가 고향을 지키는 일은
이렇게 더운 몸으로
꼼짝거리는 일.

어느 마을

사람들이 어디론가
다 떠나버린 마을.

꼬리 내린 늙은 삵괭이 한 마리
아직도 할퀼 일이 남았는지
어슬렁어슬렁.

돌아와 보니
정든 얼굴 하나 없이 텅 빈 마당.

눈병 든 쥐새끼 한 마리
고양이 없는 곳에 왕이 되고픈지
어슬렁어슬렁.

이파리도 다 떨어졌는데
바람은 아직도 불어올 것인가
내 몸 홀로 세워
사시나무 떨듯 미리 떨어본다.

아직도 떨 일이 남았구료.

인정들은 가고
또 무슨 폭풍이 남아서
이렇게 떨고만 있어야 하느냐.

마을이여
사람들이여
이렇게 저렇게
떨고만 있어야 하느냐.

뿌리꽃

뿌리들 솟구쳐
하늘 가득히
뿌리꽃으로 피누나.

꺼지던 사랑들 거듭 일어나
어김없이 쉴새없이
그리움으로 피누나.

여울지는 냇가로 가서
죄지은 얼굴들 씻어 보내고
얼굴을 들어 사랑을 들어

친구야
저 몰아치는 꽃보라 속에
꼿꼿하게 서서 외칠 일이다.

펜 대신 성난 거친 숨결로
영원에 기대어 쓰러질 때까지
아낌없이 거침없이

뿌리를 들어

우리들 하늘 가득
뿌리꽃을 피울 일이다.

元達里*의 아버지

모든 소리들 죽은 듯 잠든
전남 곡성군 죽곡면 원달 1리

九山의 하나인 桐裡山 속
泰安寺의 중으로
서른다섯 나이에 열일곱 나이 처녀를 얻어

깊은 산골의 바람이나 구름
멧돼지나 노루 사슴 곰 따위
혹은 호랑이 이리 날짐승들과 함께
오손도손 놀며 살아라고
칠남매를 낳으시고

난세를 느꼈는지
산 넘고 물 건너 마을 돌며
젊은이들 모아 夜學하시느라
처자식을 돌보지 않고

여순사건 때는
죽을 고비 수십 번 넘기시더니
땅뙈기 세간살이 고스란히 놓아둔 채

처자식 주렁주렁 달고
새벽에 고향을 버리시던 아버지.

삼십년을 떠돌다
고향 찾아드니 아버지 모습이며 음성
동리산에 가득한 듯하나

눈에 들어오는 것
폐허뿐이네 적막뿐이네.

* 이곳에 桐裡山이 있고 泰安寺가 있는데 필자가 태어난 곳이다.

친구들

긴긴 해를 산짐승 날짐승이랑 함께
가파른 산을 뛰어오르며
가시덤불에 살이 찢겨 흐르는
피를 문질러가며,

산열매로 가득 배를 채우고
찔레꽃 개나리꽃으로 입술 물들이며
짐승들보다 더 빠르게
신나게 뛰던 친구들.

외지 포수의 사냥길 따라나서
포수의 화살에 맞아
영영 돌아오지 않던 친구를 원통해하다가

밤나무그루 돌로 치고 쳐서
쏟아지는 알밤을 소나기 맞듯 맞으며
짜릿한 아픔을 함께하던 친구들.

어둠속에서 두근거리는 가슴 조이며
한밤내 대창 부딪는 소리 들으며
친구들 생각에 밤잠을 설치고,

서로 무사했는지 새벽에 일어나
고함 지르며 골목골목을 뛰며
아침 안부를 나누던 친구들.

그 모습만 모습만
동리산 기슭에 가득 고였다.

同行

삼십년을 떠돌다가
광주에 들러
친구 錫武를 차고
고향 찾아가는 길.

가다 가다 더위에 지치고
몰아치는 어린 시절이 숨가빠서
옷 벗어 바위에 던지고
동리천*에 뛰어들어
금세 얼어붙는 성년을 덜덜 떨며
머리 위로 구름 스치는 소리
물고기 맨살 간지르는 소리 듣는다.

침묵으로 고향길 밟는 발바닥,
어렸을 적 내 발가락 부딪쳐 피내던
돌부리 하나하나 떠올리며
대창 부딪치는 소리 꽂히는 소리
쓰러지는 비명소리 들으며

착한 짐승 거느리듯
친구 석무를 뒤에 거느리고

어른을 버리고,
아장걸음으로 고향길 걷는다.

* 전남 곡성군 죽곡면 원달리의 桐裡山 泰安寺 가는 길 옆으로 흐르는 계곡이다.

깃발

휘저어라는 팔다리로
지금껏 돌아누운 내 땅을 휘저었지만
눈으로 산천을 돌아보았지만

천길 물속같이 고요한 땅
내 마음 불이 되어
홀로이 타오르나.

소리없이 물은 흐르고
구름도 예대로 머리 위를 맴돌지만
소리없이 바람도 오가지만

서로들 분한 마음이라서
쉴새없이 닫히고 꺾인 소리라서
원통하고 한스러운가.

김밥 사려, 도토리묵 사려,
얼어붙은 골목의 어둠을
소리로 깨우지만

내 펜은 아직도 잠든 채

미친 듯이 나부끼지 못하나.
내 몸은 나부끼지 못하나.

새 움이여 새 움이여.
솟아나는 대로 내 대신
나부껴다오.

눈보라

'아이고 추워라'고 소리만 내도
금세 깨어져 무너져버릴 듯
쩡쩡 얼어붙은 겨울날,
무슨 재주로 눈보라는
저렇게 부드러이 이 천지에 붐비나.

헐벗은 나뭇가지에도 돌멩이에도
살얼음 깔린 시냇가에도
한 맺히며 얼어붙은 내 가슴에도
당당히 붐비는 저 영혼들.

눈 감거나 뜬 사람들 앞에서도
귀 닫거나 뚫린 사람들 앞에서도
입 다물거나 열린 사람들 앞에서도
거침없이 붐비는 저 소리들.

우리들 재주로는
모두들 환장할 수밖에 없다.
대문을 열고 방문을 열어
아니다 아니다 마음까지를 모두 모여
환장하면서 섞여 붐빌 수밖에 없다.

영혼도 움직이는 영혼이라야 영혼이고
움직임도 움직이는 것이라야 움직임이니까.

꽃나무들

헐벗을 날이 오리라
바람 부는 날이 오리라
그리하여 잠시 침묵할 날이 오리라.

겨우내
떨리는 몸 웅크리며
치렁치렁한 머리칼도 잘리고
얼어붙은 하늘 향해
볼 낯이 없어, 피할 길이 없어
말없이 그저 꼿꼿이 서서
떨며 흔들리리라.

푸름을 푸름을 모조리 들이마시며
터지는 여름을 향해
우람한 꽃망울을 준비하리라.

너희들은 아버지를 아버지라 부르고
너희들은 어머니를 어머니라 부르고
너희들은 형님을 형님이라 부르고
너희들은 누나를 누나라 부르고
동생을 동생이라고 처음 부르던

이 땅을 부둥켜안고,

결코 이 겨울을 피하지 않으리라
결코 이 땅을 피하지 않으리라.
이곳 말고 갈 수 있는 땅이
어디 있다더냐.

헐벗을 날이 오더라도
떨 날이 오더라도
침묵할 날이 오더라도.

이웃의 잠을 위하여

내 이웃의 잠을 위하여
내 가족의 편한 꿈을 위하여
하늘까지 솟아버릴까.
목청에 겨워서 솟아버릴까.
사십 평생을 피맺힌 목소리로 지워버릴까.

하루 종일 나를 지배했던
더러운 더러운 몸뚱아리를 이끌고
옥상에 올라서
달과 별들을 쳐다본다.

어둠속에서만 빛나고
술 취한 자의 머리 위에서
더욱 빤짝거리는 빛덩어리들을 바라보며
두 다리를 동동거린다.
온몸을 떨어본다.
목쉰 소리로 불러본다.

내 어렸을 적의 전쟁놀음,
장난감 총을 들고 병졸들을 이끌어
냇가를 건너 들판을 가로질러

가상의 적지인 부락을 점령하고
지붕에 올라 점령당한 부락을 보았지.
하늘을 보고
병졸들의 함성을 들었지.
그리고 신나하는 얼굴들을 보았지.

나는 옥상에 올라
사십 평생의 말 다 뱉아버리고
하늘로 솟아
오천만 개의 손을 잡으리라.
오천만 개의 가슴과 만나리라.
기막혀하는 이웃의 잠을 위하여
슬퍼하는 가족의 꿈을 위하여.

꽃 앞에서

저 향기, 저 향기!
코를 다시
코이게 하는.

저 무데기의 모습, 저 모습들!
눈을 다시
눈이게 하는.

저 아우성, 저 아우성!
입을 다시
입이게 하는.

저 소리없는 어울림, 저 어울림!
사람을 다시
사람이게 하는.

저것들 앞에서!
모두 꽃이 되어
시인은 비틀비틀!
산천은 어질어질!

소나기의 울음

나의 울음은 언제나 홀로였다.
군중들의 틈에 끼어서도
눈은 늘 젖어 있었고
목이 타서
홀로 가쁜 숨을 몰아쉬며
가슴에 핑그르르 떨어져
조용히 고이는 눈물을
보는 것이었다.
타는 목구멍 속을 꺼이꺼이 울며
기어오르는 눈물을
보는 것이었다.
나의 울음은 그렇게
늘 홀로였다.

너희의 울음은 언제나 여럿이었다.
끼리끼리 어울려 늘 함께
울부짖는 폭포였다.
뙤약볕을 헤치고 내리달려오는
쏜살, 쏜살, 쏜살이었다.
땅덩어리 위의 온갖 명령들을
고개 숙이게 하는 구원이었다.

홀로 명령하고 홀로 울부짖으며
홀로 고민하는
나의 울음을
일거에 덮어누르는 바위였다.

푸석푸석 일어나는
먼지 하나하나에도
내리꽂는 바위의 울음이었다.

내 말의 행방

나를 떠난 말들은
지금 어디에서 떠도는가. 헤매는가.
슬픔과 노여움과 기쁨과 사랑으로
범벅이 된 채 제대로 앞도 못보며
생이별로 떠나던 말들은 지금
어디에서 누구와 만나고 있는가.

폭풍과 만나고 있는가.
굶주림과 만나고 있는가.
해방과 노예와 만나고 있는가.
내 안에서 그토록 자유로웠던 외침이던 것이.

어린이를 만나고 어린이가 되고
어른을 만나면 어른이 되고
폭풍과 만나면 폭풍이 되지만
어둠을 만나면 다투어 빛이 되던 영혼이던 것이.

너는 다시 돌아와
내 가슴과 만나 울멍울멍하며
이렇게 보채는가.
이토록 흐리고 어두운 날에.

답장

어느 소설 지망생에게

국문과 출신답게 국어선생답게
한 획도 틀림없이 정결하지만
정이 가지 않는 간판글씨 같은 편지,
서울에서 잘 받았네.

십수년 만의 만남이고
십수년 전의 글씨 그대로인데
웬일인가. 정이 안 가니,
서울과 대구 사이에 무슨 살이라도 끼었단 말인가.

못생겼지만 마음씨 하나 고운 여자를 챙겨
아들로만 줄줄이 셋을 두었다는데,
에끼 이 사람아,
마음씨 곱고 아들놈이든 딸년이든
셋을 낳았으면 그 아니 미인인가.

요즘은 소설도 안 써지고 해서
오십이나 넘으면 큰 것 하나 쓰겠다고 했는데,
아니 오십에도 안 써지면 아들놈에게
소설 쓰는 대업을 맡기겠다고 했는데,
뜻은 좋네만

에끼 이 사람아,
뜻 하나로 소설을 쓴다면 이 세상
뜻 안 가진 놈 어디 있어?
세상천지 소설가뿐이게?

요즘 소설은 너무 벗긴다고
그만큼 벗겼으면 그만 벗기라고
자네의 편지는 노발대발이지만
에끼 이 사람아,
그런 것까지 신경을 너무 쓰면

자신만 말라빠진다네.
소설의 초보적 단계로 손쉬운 여자를
택한 것 아니겠는가.

아무렴 부끄러움은 가릴수록 감출수록
더 진실하고 아름답다는 것을
그들인들 왜 모르겠는가.
분명한 것은 그들 딸년이나 여편네만큼은
그렇게 무책임하게 벗는 것을
절대로 절대로 용서치 않을 걸세.

어이 친구야.

그런 걱정보다는 서울과 대구 사이에

막힌 그 무엇이 있으면

그것이나 트세.

새벽에 일어나기

우리들이 아는 사람들은 모두
황혼에 쓰러져서 새벽에 일어난다.
황혼과 새벽 사이의 긴긴 밤물결에 떠서

노를 저어라. 저어라 노를.
어둠을 사루어서 새벽을 만들자.

우리들이 아는 사람들은 모두
새벽에 일어나서 황혼에 쓰러진다.
새벽과 황혼 사이의 신나는 빛물결에 떠서
노를 저어라. 저어라 노를.
태양을 사루어서
더 큰 태양을 만들자.

詩를 생각하며

도무지 시를 생각할 수 없도록
바삐 돌아가는 세상 속에서
눈을 감고 두근거리는 가슴 열어
이렇게 중얼거려본다.

도대체 시가 무엇이길래
남들이 그렇게 소중히하는
가정까지를 버리는가.
도대체 시가 무엇이길래
질서를 버리는가.

도무지 시를 사랑할 힘마저 빠져
지쳐 늘어지고 싶은 날엔
살을 꼬집어 아파아파하며
이렇게 중얼거려본다.

도대체 시가 무엇이길래
육신과 영혼을 이끌고 지옥까지 들어가는가.
도대체 시가 무엇이길래
나라 앞에서 초개처럼
하나뿐인 목숨까지 열어놓고 바치는가.

시를 안 쓰고는 못 배길 그런 날은
오랫동안 버렸던 펜을 들기 전에
이렇게 중얼거려본다.

도대체 시가 무엇이길래
목숨 걸고 자기를 주장하는가
속으로 차오르는 말을 풀어놓는가

시보다 더 자유로운 세계를 찾아서
나는 시를 썼던가. 쓸 것인가.

가을 속에서

자꾸만 가까이 다가오는 너의 앞
나는 황홀 속에서 방황하면서
으흠 으흠 신음을 한다.

그러니 가을!
나를 구해다오.
내 몸속으로 스며들어
타오르는 불꽃으로
활활활 소리지르면서

함께 밑불로 쓰러져 퍼지든지
함께 땅밑으로 기어다니든지 하면서
당당히 공개되는 말을 은밀히 만들어
말꽃을 피우면서

너와 나 그렇게
가을 아지랑이를 만들면서
하늘로 솟아 아스라이 아른거리자.
다시 돌아오는 날까지
이 지상을 떠나서.

깨알들

웅달진 미곡상회의
가장 구석진 자리로 밀리고 밀려
무슨 사연들로 저리 웅성이는가.

버러지 같은 것 버러지 같은 것들이
제 세상 만난 듯 슬슬 치며 기어다녀도
꼼짝 않고 물러앉아 곱디곱게
길을 내주며,

눈보라치는 날이든
장마가 끊이지 않는 날이든
작은 몸들을 서로 부둥켜안고
지는 해 뜨는 달
가슴으로 받아 반짝이며

무슨 소문은 없나
꿈이라도 좋겠네
빨리 팔려가고파서
눈들을 굴리며
지나는 행인 쳐다보며
목을 빼네

그리워서.
그리워서.

봄소문

소문은 봄이라 들리지만
틀릴 때도 있단다,
아직은 봄이 아니다.

잘못 알고
싸립문 빵긋 열고 나온
어린것들아.

아직도
바람끝이
차고 매섭구나.

피려는
꽃봉오리도
다시 오므라들지 않느냐.

폭풍한설 몰아치면
오기는 꼭 오는
봄이란다.

들어가서 안 나오진 말고

옷을 더 껴입고 나오려무나
어린것들아.

바위

이미 세상 떠난 사람들의
끝 모르게 적막한 마음씨와 함께
깊은 땅 깊숙이 몸 숨겨놓고
한 일천분의 일쯤 솟아앉아

침묵 말고
차라리 울음이라도 달라!

사람 허물 꾸짖어
홀로 우는 짐승.

바람소리 낭랑히 맴돌고
날짐승 울음 와서 머물어도
상여길 앞서가는 요령소리로 알고
지나가는 구름 잡아
서둘러 흰 壽衣로 걸쳐입고서

침묵 말고
차라리 울음이라도 달라

천근 만근의 무게로
홀로 우는 침묵!

詩人의 방랑

내 발바닥에 불이 붙었다.
발바람이 있어 잘 탄다.

내가 찾는 땅을 어서 찾아가서
무릎 꿇고 긴긴 입맞춤을 하리.

'구름에 달 가듯이' 갈 수 없어서
혼비백산하듯, 번개불에 콩 볶듯
우당탕 뛰며 달린다.

내 발바닥에 불이 붙었다.
신난다. 신난다.

제군,
폭탄 떨어지고 빗발치는 탄환 속에서
'구름에 달 가듯이' 가보아라.
어정어정할 때가 따로 있지.

뛰다 뛰다 지치면
휴식이란 것이 있지.

폭탄 떨어진 자리에
웅크리고 앉아 가쁜 숨 몰아쉬며
두고 온 가족이며
내팽개친 책들을 생각하다가

포성이 울리면 울리는 쪽으로
또 뛰고 또 뛴다.

벌떼처럼 몰린 친구들을 만나
가쁜 입술로 긴긴 입맞춤을 하리.

내 발바닥에 불이 붙었다.
물을 피해 잘도 뛴다.
잘 탄다, 신난다.

불의 노래

느닷없는 경우를 당하긴 하지만
그 느닷없음이 결코
진리까지는 이르지 않는다.

불은 뜨거워야 하고
빛이 있어 주위를 환히 밝혀야만
우리들과 조건없이 만난다.

오직 공포만을 주고
소름끼치게 하는 느닷없는 환상이
불이 아니고 낮도깨비 불이듯

뜨거움이 아닌 것은
빛이 아닌 것은
불이 아니다. 불이 아니다.

오직 속 깊이 타는 불꽃을 품고
캄캄한 산길을 올라본 사람이면 알리라.
그 길이 결코 어두운 길이 아님을.

밤이슬도 덩달아 반짝이는 빛이 되고

발끝에 채이는 어느 돌멩이 하나라도
불덩이 아닌 것이 없어
발걸음이 그리 신나 있던 것을.

그 자리에 그만 쓰러져도
그 자리가 바로 정상이고
그 모습이 바로
불덩이던 것을

原州의 달

치악산의 뱀들
또아리를 틀고
머리를 쳐들었다.

온종일 울부짖던 짐승들의 숨소리,
밤바람에 떨며
나뭇잎들을 어루만진다.

달은 떠서
우리들 마음도 떠서

아직껏 돌아오지 못하는 사연을
비추누나.

보고 싶은 얼굴들 일어나서
달빛 타고 오르누나

억울해서 정다운 이끼리
울타리를 치고 둘러앉아
여기저기 옮기며

마셔도 취해도 목은 말라
뜨거움에 씻긴 맑은 마음이로다.

치악산에 걸린 달아
원주에 가득 찬 달아
서대문에 뜨는 달아

친구야

친구야,
폭우가 쏟아진다.
폭우 속으로 가자.

친구야,
폭설이 내린다.
폭설 속으로 가자.

친구야,
달이 뜬다.
달빛 속으로 가자.

친구야,
해가 뜬다.
햇빛 속으로 가자.

친구야,
산천이 퍼덕인다.
산천으로 스며들자.

다시 펜을 든다

다시 펜을 든다.
항상 들고 번쩍였으나
우리들은 슬프게도
끝내 보지 못했던
우리들의 펜을 다시 든다.

다시 심장을 일으킨다.
천지간에 두루 뛰었으나
우리들은 슬프게도
끝내 듣지 못했던
우리들의 심장을 다시 일으킨다.

다시 사랑을 말한다.
이 넉넉한 마음과 튼튼한 육체에서
끊임없이 솟아 넘쳤으나
우리들은 슬프게도 마음이 죽어
끝내 거절했던
우리들의 사랑을 말한다.

다시
너는 번쩍이는 펜이 되고

너는 뜨거운 심장이 되고
다시
너는 폭포의 사랑이 되고
너는 쉴새없는 시가 되어라.

소리들 분노한다

소리들 분노한다.
겨울 되니
부산했던 깃발 모두 내려지고
펄럭이던 그 소리만
세상에 가득 떠돌며 분노한다.

눈보라치는 기세로
매서운 폭풍으로
헐벗은 나뭇가지를 맴돌다가
푸른 하늘이 그리워 치솟았다가
보드라운 눈송이로 내려와
나뭇가지 위에
休戰처럼
무덤처럼 앉는다.

앉아서 침묵으로 침묵을 듣는다.
소리로 소리를 듣는다.
홀로 떨고 있는
나뭇가지를 어루만지며
안에서 물 오르는 소리
나부끼는 깃발소리 듣는다.

우리들 내부 가득 끓어오르는
사랑의 소리들
그 소리를 분노하며 듣는다.

죽음

시 쓰는 사람이 죽음을 생각하는 것은
감상일 수도 있다.
시 쓰는 사람이 삶을 생각하는 것은
언어도단일 수도 있다.

시인도 한 번 살고 한 번 죽는다.
죽음을 두려워하면
산다고 하지만 살아서
두 번이고 세 번이고 죽는다.

딱 한 번 죽음이라야
그것이 삶이다.

죽음을 피하던 장사 어디 있던가.
책임 있는 죽음이든
책임 없는 죽음이든
죽는 죽음을 누가 말려서
살아나는 죽음을 우리는 보았던가.

나 한 사람의 죽음은
수천 사람의 소생일 수도 있거늘

나 한 사람의 삶은 너무 넓게 차지해서
수천 사람이 비좁아할 수 있거늘.

지금은 감상이든 언어도단이든
죽음을 한번쯤 생각해볼 때,
겨울이 더 깊이 오기 전에.

봄볕 속의 길

구겨진 마음들을
어서어서 펴서
아른아른한 아지랑이
부드럽게 춤추며
봄볕 속의 길로 나서자.

착하고 격렬했던 뜻들을
서로 나누어 가지며
너와 나의 길
가릴 것 없이
우리들의 길로 한데 합쳐서

손에 손에 자식들을 이끌어
한형제로
앞서가며 뒤서가며
마음을 활짝 열어
깨어나는 생명들의 소리를 듣자.

파고다공원에 내리는 봄볕도
수유리 4·19 기념탑에 내리는 봄볕도
한데 어우러져

춤을 추나니,
춤을 추나니.

그리움

친구야
달을 쳐다보렴, 저 달을 쳐다보렴.

긴긴 날을 두고 쏟았던 열정들이
끝내는 그리움이 되어
밤하늘을 가득히 차오르누나.

떠돌이 영혼도 붙들어주고
잃었던 사랑도 하늘 끝까지 세우려는가.
흔들흔들 차오르누나.

마음결 서로 곱게 쓰다듬으면
잡초처럼 누웠다가
잔잔한 바람결에도
무슨 기별이나 안 묻어오나
애틋한 마음 흔들며 일어나
우리는 속으로 조용히 울다가
끝내는 폭포처럼,
폭포처럼 울지 않았던가.

친구야.

달을 쳐다보렴, 저 달을 쳐다보렴.
이제 그리움은 한데 엉켜
가을밤 크고 작은 산 위에
둥둥둥 떠오르누나.

그 기별이 쏟아지누나,
찬란한 그리움으로.

돌멩이들의 꿈

사월은 돌멩이들도 가슴을 펴
빛을 있는 대로 한껏 쏟아내지.

하늘을 날고 싶거나
아니면 그냥 아무것에나 부딪고 싶은 뜻일 거야.

빛바랜 돌멩이든
맵시 있는 돌멩이든
한번쯤 마음 설레이나니,

평생 드러누운 흙이건
평생 잠잘 날 없는 바람이건
한번쯤 눈을 뜨나니,

슬픔 너머 내일 보이네,
죽음 너머 자유 보이네.

멈추었던 하늘도 바람도
쑥냄새, 진달래 향기 자욱한 땅도

덩실덩실 춤을 추나니

내 것일세
내 것일세.

얼굴

저녁놀 뉘엿뉘엿
담벼락에 어른대고.

누가 누가 쓸어갔나
왁자지껄 소리, 소리.

발걸음도 무겁게 홍이 없는 귀가길
이리 밀려 저리 밀린 신문지에 찍힌 모습.

지루하게 낯익은 얼굴인데
때가 끼어 처량하네.

가는 손님 놓아주고
오는 손님 반기는 골목.

바람

바람 같은 칼끝.
바람 같은 창끝.

머리 위로 날아 불 때
몸을 낮추고,

발밑으로 기며 불 때
두 발 들어올리고,

책갈피를 훑을 때
덮어버리고,

베갯머리 스칠 때
이불 속으로,

용용 죽겠지
용용 죽겠지.

짱구타령

어느 고전음악보다도 가곡보다도 가요보다도
어느 사설보다도 지식 폼내는 논문보다도
어느 소설보다도 민요보다도 현대시보다도
더 신나는 노래 한마디 들어보소.

박태순이 십팔번 박자 무시하고 음성 깔아뭉개며
비유하며 은유하며 상징하며 상상하며
간결하게 쿵쿵쿵 들려온다, 들어보소.

짱구 할아버지 짱구, 짱구 손자 짱구,
짱구 아버지 짱구, 짱구 아들 짱구,
짱구 형님 짱구, 짱구 동생 짱구,

흉내낸 내 소리 한번 들어주소.

짱구 위에 짱구, 짱구 밑에 짱구,
짱구 앞에 짱구, 짱구 뒤에 짱구,
짱구 왼쪽 짱구, 짱구 오른쪽 짱구,

짱구 노래 짱구, 짱구 사설 짱구,
짱구 지식 짱구, 짱구 소설 짱구,

짱구 시 짱구, 짱구 마당 짱구,

짱구 짱구 짱구! 짱구 짱구 짱구!

농부

털털털 탈탈탈
깨진 경운기 소리 몰고
그 사람 정 많은 곡성사람,
허름한 양복에 구겨진 넥타이
아무렇게나 목에 걸치고서,

시골서 고생 고생 자란 딸
낯설고 무서운 서울로 시집보내러
허둥지둥 서울엘 왔다.

농사철이라 바쁘실 텐데요?
그냥저냥 늘어놓고 와부렀소.
딸 여우시려면 걱정되시겠네요?
맨몸뚱아리로 해치워버릴라요.
올 농사는 풍년이라던데요?
풍년은 풍년인디, 이것저것 떼면 없을 것 같소.

비료값, 농약값, 협동조합 빚
그 사람 등뒤에서 출랑거린다.
소나무 등걸 같은 손을 포개며
갑자기 왜소해진 곡성 태생 서울놈.

눈꽃

슬픔 슬픔
너의 슬픔
차마 슬픔이라 말 않겠네.

예까지 밀려 떠돌며
가까스로 피어오른 뜻.

밤새도록 울며 쌓여
기어이 황홀한 모습 드러냈고,

밤 풍경
밤 사연
한올 한올 짜내어서

바람 불면 무너진다
슬픔으로 쌓은 공

놓칠세라
꼬옥꼬옥
끼리끼리 얼싸안네.

可居島*

너무 멀고 험해서
오히려 바다 같지 않은
거기
있는지조차
없는지조차 모르던 섬.

쓸 만한 인물들을 역정내며
유배 보내기 즐겼던 그때 높으신 분들도
이곳까지는
차마 생각 못했던,

그러나 우리 한민족 무지렁이들은
가고, 보이니까 가고, 보이니까 또 가서
마침내 살 만한 곳이라고
파도로 성 쌓아
대대로 지켜오며

후박나무 그늘 아래서
하느님 부처님 공자님
당할아버지까지 한식구로 한데 어우러져
보라는 듯이 살아오는 땅.

비바람 불면 자고
비바람 자면 일어나
파도 밀치며
바다 밀치며
한스런 노랫가락 부른다.

　산아 산아 회룡산아
　눈이 오면 백두산아
　비가 오면 장내산아

　바람 불면 회룡산아
　천산 하산 넘어가면
　부모형제 보련마는
　원수로다 원수로다
　산과 날과 원수로다**

낯선 사람 찾아오면 죄 많은 사람 찾아오면
태풍 세실을 불러다가
겁도 주고 달래보고 묶어보고 풀어주는
바람 바람 바람섬,

파도 파도 파도섬.

  길 가는 나그네여!
  사월혁명의 선봉이 되어
  반민주 반독재와 불의에 항거하여
  싸우다가 십구일 밤 무참히 떨어진
  십구세의 대한의 꽃봉오리가 여기
  누워 있다고 전해다오***

자식 길러 가르치고
배운 자식 뭍으로 보내
나라 걱정, 나라 위해
목숨도 걸 줄 아는
멋있는 사람들이 사는
살 만한 땅.

* 전남 신안군 흑산면에 있는 우리나라 최서남단의 섬. 흔히 소흑산도라 하지만 이는 일제시에 일본인이 붙인 이름으로, 행정상의 지명은 가거도임. 현지 주민들도 꼭 가거도라고 부르며 소흑산도란 말을 쓰면 싫어함.

** 가거도 주민들이 그곳 전설을 민요화해서 부르는 노래.

*** 이곳 출신으로 서울로 유학, 서라벌예술고등학교에 재학중이던 金富連 군이 4·19혁명에 가담하여 산화했는데, 그 기념비가 이 가거도에 세워져 있음.

1980년대의 마음들

비록 우리의 마음은
스스로 빛나보지 못했지만
그렇게 스스로 길들여왔지만
1980년대엔
우리의 마음을 갖자.

열려 있는 마음은
늘 새로운 마음을 낳고
열려 있는 마음은
늘 다른 마음을 용서하며
함께 펴 나아가나니.

닫혀 있는 마음은
늘 다른 마음을 가두고
닫혀 있는 마음은
늘 다른 마음을 멀리하며
홀로 죽나니.

열려 있는 마음은
늘 풍요로운 것으로 가득하여
맑고 밝게 멀리 비치나니

닫혀 있는 마음은
늘 없는 것으로 가득하여
탐욕으로 마음을 세우고 닦는다 해도
늘 남의 빛으로 밝히려 해도
늘 캄캄하나니

1980년대는 우리 모두
마음을 열자.
길들여진 마음을 버리고
비록 가난하지만
우리 모두의 마음을 열어
정겹게 타오르자.

펜 한 자루로

대학주보 紙齡 600號에 부쳐

조용히 내딛던 한 발자국
물러서지 않고 오직 내딛던 한 발자국
겹치고 쌓여서 마침내
길이 되었네.

길 위에 길이 포개지고
길 앞에 길이 열려

길은 길더러 따라오라 부르고
길은 따르마고 그 길을 따르네.

지쳐서 혹은 쓰러지고
거듭 일어나는 자의 눈빛은
영원을 비추는 빛이 되었네.

빛 옆에 다투어 빛이 모이고
빛 앞에 다투어 빛이 비쳐
빛은 빛더러 따라오라 부르고
빛은 따르마고 그 빛을 따르네.

바른 몸가짐으로

바르게 긋는 한 획,
바른 양심으로
바르게 완성하는 한 자,

한 자 한 자가 모여
강물처럼 문장은 출렁이네,

펜 한 자루는 말한다!
배우는 곳에 민주화를
생각하는 마음에 민주화를
삶의 현장에 민주화를.

펜 한 자루는 이룩한다!
배우는 곳에 민주화를
생각하는 마음에 민주화를
삶의 현장에 민주화를,

펜 한 자루는 이룩한다!
민주화로 활력 있는 학문을
민주화로 풍요한 문화를
민주화로 부끄럼 없는 삶을.

펜 한 자루는 도달한다!
시대와 함께 구겨진 휴지조각을 거쳐
비어 있는 가슴들을 들쑤시며

세계의 목소리에게로
세계의 양심에게로.

그러므로 우리들은
한 자루의 펜이 되리라
한 발자국 한 발자국 내디디며
한아름의 빛으로 터지리라.

시대의 가슴이여 그 아픔이여
울부짖는 펜이 되리라.
들끓는 가슴이여 그 뜨거움이여
울부짖는 빛이 되리라.

靑坡여 더 푸르러라

숙대신보 창간 27주년에

靑坡여,
북적북적 와작와작 와자지껄
눈이 시리도록

청파여
가슴이 시리도록
더 푸르러라 더 푸르러라
청파 언론이여.

푸르지 않은 나무 꽃도 못 피우나니
푸르지 않은 이파리
때가 되어도 단풍물 못 들이나니
청파여
북적북적 와작와작 와자지껄
더 푸르러라 더 푸르러라
청파 언론이여 청파 가시내들이여.

왜, 우리들은 매일 푸른 언덕을
고동치는 가슴을 부비며
환한 꽃봉오리로 피어오르는가.

왜, 우리들은 매일 책장을 넘기는가.
왜, 우리들은 연필로 혹은 볼펜으로
밑줄을 열심히 그어가면서
총명한 눈동자를 굴리는가.

고개를 끄덕이고 때로는 젓는가.
진리, 자유, 정의의 이름을 부르는가.

왜, 우리들은
눈을 떠서 보는가.
입을 열어 말하는가.
귀를 세워 듣는가.

오오, 눈의 갈증
오오, 입의 갈증
오오, 귀의 갈증
오오 젊은 가슴의 끝없는 갈증이여.

우리들의 펜은 곧게 움직인다.
우리들의 청춘은 뜨겁게 타오른다.
우리들의 지성은 높게 세운다.

우리들 배움터 청파여
정숙함을, 현명함을, 정대함을!

오늘 하늘이 조금 궂은들 어떠리
궂은 하늘 아니면 천둥소리 못 내고
궂은 구름 아니면 번개도 못 치고
단비도 뿌리지 못하나니
푸른 잎새 적시지 못하나니

청파여,
청파 언론이여,
청파 꽃봉오리여,
긴긴 세월 목마름으로 버틴 지혜로
궂은 하늘, 궂은 구름 열어젖히고
그 너머 영원한 하늘 우러러

더 푸르러 더 푸르러라
청파의 심장이여!
젊음이여!

당신들은 地下에 누워서 말한다

4·19혁명 20주년에

당신들은 지하에 누워서 말한다.
우리들의 죽음이 이십년이나 됐으면
이젠 눈감을 때도 됐건만
차마 감을 수 없는 눈을 뜨고
원통하다며 뼈가슴을 치며 말한다.

사월은 파도치는 달
자유여, 민주여, 인권이여, 파도쳐라
삼천리 방방곡곡에서 한덩어리로 파도쳐라.
드높은 하늘 가득히 함성으로 파도쳐라.

당신들은 지하에 누워서 말한다.
봄은 왔건만 꽃들은 흐드러지게 피건만
눈뜨고 답답해 지하에서 땅을 치며 말한다.

사월은 사랑하는 달
반민주여, 반통일이여, 반지성이여
사랑하라, 사랑의 흔적 위에
국토는 국법은 국민은 춤을 추어라
구석구석에서 춤을 추어라.

당신들은 지하에 누워서 말한다.
우리들은 책갈피를 일제히 덮고
붉은 진달래꽃 온 산천을 밝히듯
꽃송이 꽃송이로 터져 불 밝혀
떨리는 마음 활짝 열어젖히고
주저앉힌 자리 박차고 일어서서
민주의 길, 자유의 길, 평등의 길
영원 속에 닦고 닦아놓았건만
왜 이리 답답하고 더디느냐고
이십년이 되는데도 하늘이 왜 이리 흐리냐고
차마 감지 못하는 눈을 뜨고
벌떡벌떡 일어서며 말한다.
사월은 불 밝히는 달
양심이여, 지성이여, 예술이여, 불 밝혀라.
온 천지에 어둠을 몰아내고
폭풍우에도 꺼지지 않는 영원의 불을 밝혀라.

당신들은 지하에 누워서 말한다.
해마다 우리들 앞에 놓이는 弔花는
도대체 어찌 된 일이냐고
행동으로 보여달라.

차마 감지 못하는 눈을
흐린 하늘만큼 크게 뜨고 말한다.

사월은 사랑하는 달
사월은 춤을 추는 달
사월은 불 밝히는 달
사월은 생각하는 달
사월은 나아가는 달
당신들은 지하에 누워서 말한다.
차마 눈감을 수 없어 오늘도 말한다.

생각하라 불 밝혀라!
반성하라 춤을 추어라.
사랑하라 나아가라!

당신들의 넋은 깨어 있고 우리들의 肉魂은 잠들어 있습니다

4·19혁명 23주년 獻詩

고이 잠드소서, 고이 잠드소서.
이십여년을 넘게 기원하며 진혼가를 불렀으나
당신들의 넋은 깨어 이 강산에
이 역사 속에 가득가득 떠돌고
우리들의 肉魂은 제힘에 겨워
마른 수수깡으로 고스란히 잠들어 있습니다.

잠꼬대나 하면서 그때 수송국민학교 강명희 어린이 시를 중얼거립니다.

"오빠 언니들은 책가방을 안고서 / 왜 총에 맞았나요 / 도둑질을 했나요 / 강도질을 했나요 / 무슨 나쁜짓을 했기에 / 점심도 안 먹고 / 저녁도 안 먹고 / 말없이 쓰러졌어요 / 나는 알아요 우리는 알아요 / 엄마 아빠 아무 말 안해도 / 오빠 언니들이 / 왜 피를 흘렸는지……"

오뉴월 가뭄 아래 뒤척이다 뒤척이다
쩍쩍 갈라진 논바닥처럼
왜 이리 우리들 가슴은 살벌하나요.
쓰러진 제자들 곁에 무릎 꿇고 울부짖던
조지훈 시인의 시도 중얼거려봅니다.

"현실에 눈감은 학문으로 보따리장수나 한다고 / 너희들이 우리를 민망히 여겼을 것을 생각하면 / 정말 우린 얼굴이 뜨거워진다. 등골에 식은땀이 흐른다."

그때 결국 누가 누구를 쏘았나요.

그때 결국 무엇이 죽고, 무엇이 살아남았나요.

신동엽 시인의 시도 중얼거려봅니다.

"애인의 가슴을 뚫었지? / 아니면 조국의 旗幅을 쏘았나 / 그것도 아니라면 너의 아들의 학교 가는 눈동자 속에 총알을 박아보았나?"

신동문 시인의 시도 중얼거려봅니다.

"총알 총알 총알 앞에 / 돌 돌 / 돌 돌 돌 / 주먹 맨주먹으로 / 피비린 정오의 가도에 포복하며 / 아! 신화같이 / 육박하는 다비데群들"

그때 총을 쏜 자들의 변명 또한 기막혀

잊을 수가 없습니다. 중얼거려봅니다.

"아 글쎄, 겁이 나서 얼굴 처박고 공포를 쏘아댔는데, 데모대들이 던진 돌과 그만 공중충돌이 돼 그 유탄에 쓰러졌습니다요."

당신들의 넋은 이제 고이 잠들고
우리들 肉魂은 이제
선잠의 잠꼬대에서 깨어나야겠습니다.

박두진 시인의 시가
우리들 귓전에 밀물처럼 철썩입니다.
"우리는 아직 / 우리들의 깃발을 내릴 수가 없다. / 우리들의 피외침을 멈출 수가 없다. / 우리들의 피불길 / 우리들의 전진을 멈출 수가 없다."

김수영 시인의 목소리도
지하에서 우리들의 몸을 떠밀치며 들려옵니다.
"우리들의 싸움은 하늘과 땅 사이에 가득 차 있다. / 민주주의의 싸움이니까 싸우는 방법도 민주주의식으로 싸워야 한다."

모든 불의와 불평등과 부자유를 쓰러뜨리고
불사조가 되어 방방곡곡을 날으며
우리들의 잠을 깨우는 넋들이여,

우리들도 깨어나야겠습니다.
우리들도 함께 깨어나야겠습니다.

자유가 시인더러

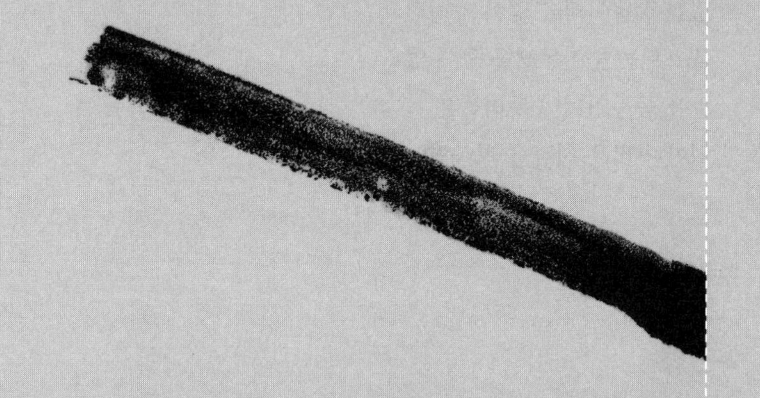

아우 基善*에게

아우야,
어느 해 사월에
변성기의 낮은 아우성을 보태더니
아우성이 멎고 아카시아꽃
흐드러지게 피어 흩날릴 때
티없이 맑은 미소를 흘리더니만
그 꽃길 따라 교복을 입은 채 가버렸었지.
너는 어린 몸을 끌고 어디론가 떠났었지.

전쟁통엔 총과 사람을 피해
어느 산속 조용한 피난길에서
두근거리는 가슴 맞대며
누우런 이빨로 풀뿌리를 씹고
까실한 입술로 풀피리를 불면서
학교 갈 날을 손꼽아 기다리고,
전쟁이 멈췄을 때는 학교보다는
굶주린 배를 채우는 일이 제일로 급했었지
멀건 강냉이죽을 얻어 마시려고
울고부는 누이동생을 등에 업고
발을 동동거리며 우리들은
얼마나 많은 시간을 기다렸던가

아우야,

그 원수 같은 가난을 피해 떠났었지.

24년이 지난 지금 중년이 되어

너는 이 강산을 가난으로 떠돌고 있는 거냐.

감옥에 있는 거냐, 밀항을 한 거냐.

온 식구들이 매일 딛는 이 땅덩이

어디쯤 묻혀서 우느냐,

묻혀서 웃느냐,

어머님 나이 칠십이 가까왔단다.

* 기선이는 4·19의 소용돌이 속에서 행방불명이 된 나의 친동생이다. 그때 중학교 3학년이었는데 지금 살아 있다면 나이 마흔넷이다.

풍경

허름한 차림으로
이웃들이 허름하게 섞이는
허름한 골목에는
허름한 사내아이가
동그랗고 선한 눈을
허름하게 말똥거리며
쭈그리고 앉아서

우리들의 골목에다가
우리들의 땅바닥에다가
눈물로 허름한 그림을 그리고 있다.

지게를 걸머지고 등짐을 나간
아버지의 끙끙거리는 모습 위에다가
광주리를 이고 신새벽 장터로 나간
어머니의 목쉰 소리를 포개어 그리고
공장에 나간 어린 누나의 고운 얼굴을
포개어 그리고
신나게 지지배배 떠들던
자기 반 아이들을 원없이 그리다가

아니여. 아니여.
지워버린다.
전선줄에 앉아 있는 제비떼를 지워버리고
저녁놀에 타오르는
세상을 지워버리고

두 손바닥으로
얼굴을 감싸 새까맣게 지워버린다.

和順 赤壁歌

타오르더라
기어오르더라.

물에 잠기기 전에
가을이 저물기 전에
손들을 꼬옥 잡고
가파른 절벽에 붙어서

하늘 향해
저 생긴 대로 풀꽃이며 넝쿨들,
얽히고 엉켜서

바람 이는 赤壁江에서
타오르고 기어오르고.

강 건너 암벽에 새겨 있는
'郡守 金祺中' 은
그냥 물속에 잠기겠고.

무등산을 얼싸안고
이 가을은

그렇게 타오르더라.
기어오르더라.

눈보라 속의 좌담

누이야,
눈이 내린다.
우왕좌왕 내린다.
교문리에도 내리고 있을 거야,
마포에서 내가 말했다.

누이야,
종로 너머,
청량리 너머,
중랑천 너머,
망우리 공동묘지 너머,
네가 사는 교문리에도
갈팡질팡 내리고 있을 거야,
포근한 해장국집에서 내가 말했다.

밖에는 눈이 내리고
거푸 비우는 새해 첫날의 술잔에도
눈이 내리고
너와 나의 마음도 넘치고
말없이 고개만 끄덕이는
너의 눈동자에도 눈이 내린다.

누이야,
서울을 어서 떠나라고,
어서 교문리로 돌아가라고,
서울 밖 교문리에서 출동한
눈보라는 침략군처럼
마포에서 붐비고
우리들의 말도 붐빈다.

연가

너, 들끓는 쬐그만 가슴을
흐트리지 않고 용케도
여기까지 달려왔구나.

무슨 소문 듣고파서
다투며 밀려오는 파도에
큰 눈을 맡기고 설레이는 마음 맡기고
기대어 있는 너의 곁에까지
숨 할딱이며 나 또한
용케도 따라왔구나.

지평선 끝에 타오르는
이 시대의 그리움들은 파도치고,
저녁놀로 타오르고.

별들이 하나둘 떠오를 때까지
순한 서로의 눈들은 불꽃이 되어
포개지고 얼싸안고 함께 나뒹굴 때
그렇게 그렇게
사슴의 눈에 사슴의 눈이
어른거릴 때

우리는 입을 열지 않은 채
두고 온 온갖 소문들을
파도에게 별빛에게 퍼뜨렸다.

거듭 사슴의 눈에
사슴의 눈이 포개질 때,
우리의 눈이 어른거릴 때,
파도는 소문이 되어
더 큰 바다를 향해 떠나고
별들도 소문이 되어
하늘에 바다에 웅성거렸다.

정처가 없다

절망을 노래하고파서
오늘 버림을 당하고파서
모든 것으로부터 자유롭고파서
떠나자, 미련없이 떠나자.

폭력으로부터 떠나자
말의 횡포로부터 떠나자
약속으로부터,
가정으로부터, 家風으로부터 떠나자
거짓 경제로부터, 거짓 학문으로부터
거짓 기교로부터
거짓 문학으로부터 떠나자.

떠나서 소근거리자
소리가 모여 소리를 낳고
절망이 모여 절망을 낳고
버림이 모여 버림을 낳으면서
빈 몸으로 뒹굴자.

알몸끼리만 어울리자.
소리가 모여 정치를 낳고

절망이 모여 사랑을 낳고
버림이 모여 만남을 낳을 때까지.

보리밭

왼종일 삐비꽃 뽑아 씹으면서
달디단 해를 서산으로 넘길 때,
까스라기 같은 햇볕은 따가웠어라.

종달새가 푸른 하늘로 날아올라
맴돌면서 노래 부를 때,
청보리는 더욱 푸르렀고
서러운 깜부기들은
깜부기들 끼리끼리 몸 흔들며
한껏 목을 뽑아 하늘을 우러를 때,

어린 동무들은
껌정 코고무신을 신고
콩밭을 지나면서는 콩서리를 하고
노오란 참외밭을 지나면서는 참외서리를 하고
수수밭을 지나면서는 수수깡 안경을 끼고
포르르르 포르르르 힘이 솟았어라.

보리밭을 지날 때는
까실까실한 바람이
동무들의 속살을 쑤셔대고

알을 품던 새들은
포르르르 포르르르 머리 위로 솟았어라.

꽃사태

천년을 피었다 지고
만년을 피었다 져도
다소곳이 보여만 줄 뿐!

말없이 뿜어대는
너의 빛깔은 어찌 그려내리
너의 한껏 부푼 모습을
가까이서 고개 들어 어찌 보리

내 가슴은 너무 어두워서
너의 터질 듯 잠재우는 소리를
어찌 들을 수 있으리
너와 나 너무 멀리 떨어져 있으므로
피어서 뿜어주고
아물어서 침묵하는
황홀키만 한 꽃사태여.

밥상 앞에서

나는 언제나 무릎꿇고
받았느니라 두 손으로
남도 평야를.

잊을 수가 있겠느냐
홍릉에서도,
길음동에서도, 홍은동에서도
안양에서도 신길동에서도
언제나 무릎꿇고
받았느니라,
오늘 아침도 그렇게 받았느니라.

습관처럼 무릎꿇고 받았느니라.
솟아나는 태양을 받았느니라.
중천에 뜬 태양을 받았느니라.
피어오르는 저녁놀을 받았느니라.

첫눈

눈이 내린다.
첫눈이 내린다.
가을의 마지막 모습들을 지우며 내린다.

떨어진 낙엽 위에
시든 들꽃 위에
흉물스런 빌딩 위에
골목의 연탄재 위에
흰 빨래 위에
한강 위에, 저 혼자 흐르는
고향의 시냇물 위에.

하늘을 향해 누워 있는 모든 것 위에
무슨 무슨 소문처럼 내린다.
제멋대로 노는
땅 위의 철없는 모든 것 위에 내린다.

사정없이 내린다.
첫눈은 그렇게
우리들의 모든 모습을 지우며 내린다.

타는 가슴으로

어쩐 일로
헐벗은 우리의 사랑은 이리 더디 올꼬?
어쩐 일로 검은 먹구름은
한 세대를 저리 어둡게 할꼬?

타는 가슴으로
눈을 뜨면
밤하늘은 온통 불바다.

타는 가슴으로
눈을 감으면
몸은 들끓는 불항아리.

타는 가슴으로
길을 가면
아스팔트 위에서도
새 움이 돋듯
잊혀졌던 모든 것들
애처로이 돋아나고,

구석으로 구석으로

밀리고 밀렸던 모든 것들
날개 퍼덕이며 솟아오르고,
겨우내 떨며 불안해하며
그래도 꼿꼿이 이 땅속 깊이
뿌리를 내리는 것들을.

타는 가슴으로 문지르면
어느덧 그들도 봄을 피워대누나.
사랑아, 모든 이의 사랑아,
타는 그리움아, 타는 그리움아.

무지개

한숨도 저리 찬란하다면
나의 모든 그리움을 털고
일어서서 홀로 나부끼리라.

내 고향 가까이 뜨는 빛깔들은
유년과 소년과 청년을 한꺼번에,
장년을 한꺼번에 떠받들고 피는
무수한 꽃봉오리여라.
향기여라.

산등성이와 산등성이가 마주보며
까실한 입술을 포개고 앉아 있는
그 머리 위로
찬 빛이 내리고
나의 슬픔은 내리고,

떠나간 동무들의 맑은 눈망울이 내리고
옆에 이글이글 타는 태양이 서서
오늘 하루 저녁이 오지 않은들
오늘 하루 태양이 산을 넘지 않은들
어쩔 것이냐고 어쩔 것이냐고

두런두런! 두런두런!

오오, 나는 두고 온 고향을
끌어안고 뒹굴면서
내 눈물에 흐르는 너의 눈물에 어리는
가난한 마음들을 노래하련만.

가고 없는 임을 향해
그림자인들 어떠랴,
울멍울멍! 울멍울멍!
가슴에 무지개만 피어오르도다.

떠나겠습니다

떠나겠습니다.
너무 오래 머물렀습니다.
아니, 더 오래인 곳으로
떠나겠습니다.

충격도 변혁도 없는 이곳을
충격도 변혁도 없이 오직
그리움 하나만을 가지고
떠나겠습니다.

진절머리나도록
길들어진 운명이었습니다.
저녁이 되면 잠자리에 누웠고
아침이 되면 일어났습니다.

책도 읽었습니다.
신문도 읽었습니다.
텔레비전도 보고 라디오도 들었습니다.
빨라진 속력에 실려
하늘에도 올라보고
출렁이는 바다에서 출렁여보기도 했습니다.

온 땅을 기웃거려보기도 했습니다.

그리움 하나만으로
모든 것을 꽃피우겠습니다.
피어나면서 꽃 자체로 울부짖겠습니다.
아니 울부짖으면서 웃겠습니다.

웃는 모습으로 그냥 굳어 있겠습니다.
그래서 빨리 떠나겠습니다.
다시 돌아올 그날을 위해
사랑을 찾아서 떠나겠습니다.

밤에 쓴 시

별들은 밤에도 눈을 감지 못한다.
수많은 새끼들을 무릎에 앉히거나
팔베개를 하고 자장가를 불러도
별새끼들은 에미와 애비를 따라
밤새도록 눈감을 줄 모른다.

풀잎들은 밤에도 눕지 못한다.
눕기는커녕 밤새도록 몸을 뒤척인다.
수많은 새끼들을 껴안거나
어루만지며 자장가를 불러도
풀새끼들은 에미와 애비를 따라
밤새도록 누울 줄을 모른다.

구름들을 보아라.
별들의 초롱초롱한 눈빛을 받으며
풀잎들의 서걱이는 몸짓을 보며
구름들도 멈춰 있지를 못한다.
수많은 새끼들을 꽁무니에 달거나
겨드랑에 끼며 자장가를 불러도
구름새끼들은 에미와 애비를 따라
밤새도록 쉬지를 못한다.

시인들은 밤에도 눈을 감지 못한다.
별들이며 풀잎들이며 구름들이 자지 않는 한
수많은 시인들은 이 어둠 속에서
잠을 잘 수가 있겠는가?
에미와 애비와 새끼들도 한통속이어서
별들과 풀잎들과 구름들과 시인들도
한통속이어서 끝끝내 이 어둠을 두고는
잠들지 못한다.

순천으로 띄우는 편지

아아, 끊어질 줄 알았던 역사는
오늘도 우리네 마음속에서
꿈틀대며 혹은 치솟다가 혹은
배를 깔고 우리네 황토길을 가는구나.

아아, 엿가락처럼 뚝뚝 끊어질 줄 알았던 바람은
오늘도 헐벗은 잔가지를 흔들다가
우람한 나무도 흔들다가
물 위를 기면서 고요함을 찰랑이다가
거기 순천까지 휘몰아쳐 달리는구나.

늘 그랬듯이
우리들 마음은 세월 속에서
정처없는 떠돌이 속에서 늘 그랬듯이
마음 하나만은 고이 간직했다가
맑은 하늘이거나 흐린 하늘이거나
가리지 않고 펼쳐 보일 수 있었지.

늘 그랬듯이
우리들 배움은 책갈피 속에서
캠퍼스에서 시끌시끌한 촌시장 속에서

늘 그랬듯이 배움 하나만은
소중히 쌓아올려서
산도 만들도 강도 만들고
잠자는 저 바다의 파도도 만들어서
세월 속에 끼울 수도 있었지.

순천이여, 거듭
순천이여,
불러도 불러도 오직 순천이여
착하고 꿋꿋한 마음이여
오늘도 수백리 밖에서
내 이 안부를 물어 외로움을 묻노라.

청춘과 늙음이 한데 어울려
남도 하늘 우러러 남도 춤판을 벌이는
순천이여, 거듭
순천이여.

소리

티없이 꾸밈없이
정겹게 쏟았던
어릴 적 소리들은
지금은 어디쯤 살고 있는지,

이젠 성년의 안간힘 소리를 다 모아
소리내어 그 소리를 찾는다.

가녀린 잎새 흔들며
빽빽한 숲을 지나
바람 따라 하늘 너머로 날아갔는지,

푸른 땅에 스며
돌뿌리를 돌고 돌아
땅속 깊이 물을 만나 섞여 지내는지,

오손도손 옹달샘에 모여 지내는지
중랑천 썩은 물과 함께 고여 지내는지

피리 불면 피리소리 따라오고
악을 쓰면 분노로 찾아와

흐느끼며 매달리는 임,
눈물로 돌아와
아롱아롱 매달리는 임.

우는 마음들

마음들은 지금 버릇처럼 흐려서
흐림에 흐림에 흐리고 흐려서
몸들도 지금 한창 흐리고,

서울은 지금 버릇처럼 흐려서
흐림에 흐림에 흐리고 흐려서
북한산도 지금 한창 흐리고,

나도 울고
여러분도 울고
울음에 울음에 울고 울어서
세상은 지금 한창 눈물이고,

서울도 울고
산천도 울고
울음에 울음에 울고 울어서
전국은 지금 한창 눈물이고,

이 마음 하나
이 몸뚱아리 하나
온전히 만나기 위해

그 흔한 상상의 날개를 접어두고

울음으로
이 땅 위에 서 있는 것이어라.
눈물기둥으로 서 있는 것이어라.

황금빛 눈물

해질녘에 뿌리는 눈물은
다롱다롱 황금빛.
진종일 고달펐던 파닥임을
지는 해, 숨는 산 가슴에 묻어 다독이고,

허기진 입부리 쳐들고 상채기진 날갯죽지 파닥이면서
줄을 지어 어디론가 돌아가는 날짐승들.

들판에 뿌리는 눈물은
후두둑 후두둑 황토빛.

진종일 얼룩진 육신을
흐르는 땀, 거친 숨결에 씻으면서

이 곡식 여물면 농사빚 갚고
저 곡식 거두면 딸 시집보내려네.

돌아가는 석양이나 돌아오는 들판이나
모두 모두 텅 비어서 황금빛이거나 황토빛으로
가득 차겠다. 세상 모든 것 다 차겠다.

하늘을 보며

어제의 하늘은
낮이면 구름을 펼치든지 해를 띄웠다.
어제의 하늘은
밤이면 별을 뿌리든지 달을 띄웠다.

그런데 말이야
오늘의 하늘은 사람과는 별로 상관않는지
대변인들의 성명서나 마구 흩뿌려놓았다.

왁자그르 한바탕
골목에서 조무래기들이 떠들어도
그 말씀들은 힘없이 쏟아지겠다.

사람의 뜻은 하늘까지 사무치지 않고
하늘의 뜻이 땅 끝까지 사무치겠다.

이 쓸쓸하고 황량한 지상에
불비가 쏟아지겠다.
하느님이 눈물을 뿌리며
금방 사람과 상관없이 오시겠다.

그동안 지옥에 갔던 사람들이
의기양양 천사처럼
함께 따라 내리겠다.

눈물

이슬이여,
이젠 그만 풀잎 끝에서 떠나다오.
밤새도록 이 어둠을 지켜 서서
몸을 보채며 뒹굴던
그 지긋지긋한 몸뚱어리를
거두어서 아침 햇살 속을 따라 떠나다오.

떠나다오.
눈물이 죄다 마른 사람들 곁에서
우리들의 착하디착한 어린것들 곁에서
이제, 그만 이 작은 땅을 울리지 말고

이젠 파도 위에 부서져 파도가 되고
광풍에 휘몰려 쫓기는 폭우가 되어
온 강토에 스며드는 소리가 되어다오.

새벽부터 그 다음 새벽까지
통곡으로 누워 있는 이 땅의
가녀린 풀잎 끝에서 떨고 있는
눈물이여.

소리의 숲

밤만 되면 이 세상천지는
소리의 숲들로 붐빈다.

흐느끼면서 다가오고
차마 큰 소리는 못하고
작은 소리들로 물러가는
저것들을 들어보아라.

두런두런 골목에서 서성거리다가
마을을 건너 강을 건너
처벅처벅 산을 넘는구나.

울멍울멍 산너머에서 울다가
산을 건너 강을 건너
처벅처벅 골목까지 다시 와서
서성거리는구나.
저것들을 보아라.

오늘 우리들 쉬이 잠들 수 있겠소?
오늘도 편히 입 다문 소리,
잠 못 이루며 사방팔방으로 숲이 되어

이 동네 저 동네 몰려다니다가
이 골목 저 골목 울음으로 서 있구나.
전등을 꺼도 보이는구나.
커튼을 닫아도 보이는구나.

운다

아침에 일어나면서 울고
저녁에 자면서도 운다.
숟가락을 들면서 울고
숟가락을 놓으면서도 운다.
다이알을 돌리면서 울고
통화를 하면서도 울고
수화기를 놓으면서도 운다.
책을 펴면서도 울고
책을 읽으면서 울고
책을 덮으면서도 운다.
신문을 펴면서 울고
신문을 던지면서도 운다.

짐승보다 못하다면서 울고
눈물이 말랐다면서 울고
가면서 울고 오면서 울고
자동차들도 울면서 달리고
울면서 멈춘다.
활자들도 뽑히면서 울고
박히면서도 울고
박혀 있으면서도 운다.

우리들의 옷도 젖고
우리들이 날마다 포개는 땅바닥도 젖고
책도 젖고 신문도 젖어 운다.

마음

마를 대로 마른 사랑을 머리에 두르고서
꺼져가는 잿더미 속 불씨들은
제 몸이 뜨거워서 향기로와서
서로 엉켜 타오르고,

녹슨 말들을 움켜쥐고
내 가슴속 마음들은
정처없이 떠돌다가
거친 살갗으로 나타나 아파하고,

그렇게 불씨들은 불을 기르고
그렇게 마음들은 울멍울멍하고
곧음은 처음이자 영원이라 일깨워주고
그것이 표현이자 삶이라 타이르고,

산너머 산너머 보다 더 멀리
하늘 너머 하늘 너머 보다 더 높이
넘치더라, 넘치더라.

우느냐?

우느냐?
춘향이, 녹두장군도 알맹이 녹두장군의 푸른 수염과
엊그제 그, 참으로 착한 백성 생각이 나서 우느냐?
춘향이, 뜨거운 벌판에 엎드려
땅을 치며 가슴을 치며
엊그제 그, 참으로 맑은 마음 생각나서 우느냐?
춘향이, 불바다 한복판에서
'타는 목마름으로', '타는 목마름으로'.*
우느냐?

* 김지하의 시 제목.

나의 눈물 속에는

나의 눈물 속에는
동리산 태안사 밑에 붙어 있던
초가집들이 어른거립니다.

나의 눈물 속에는
동포끼리 가슴을 겨누던
날카로운 죽창들이 삐죽삐죽
얼굴들을 내밀고 있습니다.

나의 눈물 속에는
개울물 따라 함께 흐르던
옛친구들의 허벅다리도 흐릅니다.

나의 눈물 속에는
뽕나무밭 가에서 나부끼던
누나의 옷고름도 나부낍니다.

나의 눈물 속에는
초가집도, 죽창도 옛친구들의 허벅다리도
아아, 누나의 옷고름도
소리내어 울고 있습니다.

울음소리 서로 부딪혀서
한도 많은 남쪽을 향해
뚝뚝 떨어집니다.

사랑을 찾아서

그렇게 그렇게 노래해도
춤을 추지 않는 땅바닥에서
우리들은 얼마나 많은 오랜 세월을
무릎 꿇고 또 꿇었던가요.

철 따라 꽃잎은 피고 지고
열매 또한 영글었다가 겸허히
지상으로 되돌아오는 길목에서
우리들은 얼마나 오랜 세월을
손모아 빌었던가요.

아, 모든 일이 부질없었던가요?
아, 모든 것을 끊어버릴까요?
슬퍼라, 슬퍼라.
사랑은 세월을 챙기지 않고,
슬퍼라, 사랑은 짐짓 인간을 되돌아보지 않는

화살인가요?
저만치 버티고 앉아 있는 과녁을 향해
일심으로 질주하는 화살인가요?
사랑 찾는 일은

이 목숨 다하는 길목에서나 가능한 일일까요?
미리 달려가 온몸 드러내놓는
과녁으로 서 있는 것일까요?

눈을 들어 하늘을 우러러도
하염없는 구름덩이만 오락가락.
눈을 내려 땅을 굽어보아도
눈물만, 눈물만 가득 출렁이는,
보이지 않는 사랑을 찾아서
오늘도 인간들은 헤매이는구나.
아무리 헤매어도 어디 어디 숨었냐,
머리카락도 안 보이누나.

초겨울

풀벌레가 운다.
겨울 견디기가 겁이 나서
몸들을 움츠리며 온종일을 운다.

나무들이 운다.
그렇게 사랑으로 매달았던
나뭇잎들을 지상으로 보내놓고
푸른 하늘 가운데서 운다.

하늘도 운다.
함박눈을 쏟아붓기 위해
퍼렇게 퍼렇게 운다.
지상을 뒤엎기 위해 하늘은
점점 지상 가까이 내려오면서 운다.
감옥 위에서 운다.
캠퍼스 위에서 운다.
학생들 위에서 운다.

우는 풍경

내 방에 걸려 있는
몇폭의 그림이 울고 있다.
전봉준*도 울고
大洋一舟**도 울고
어느 대학원생이 그린
풍경화도 울고
김지하가 그린 난초도 하염없이 울고

책들도 울고 있다.
엊그제 기증받은 시집도
종로통에서 사온 루카치도 울고
성경까지도 불교성전까지도 울고 있다.

방구석의 먼지들도 일제히 울고 있다.
우는 것은 우는 것은
슬퍼서가 아니라 억울해서일 게 분명타.
세상이 합쳐서 한번 울음을 터뜨린다면
새 세상이 오고
모든 그림, 모든 책들도
울음을 그칠 것인가.

덩달아 내 영혼과 육신도 운다.
내가 타는 버스도 택시도
어디론가 정처없이 달려가며 운다.
울면서 울면서 해결하자꾸나.
울음은 울음을 낳고 끝끝내는
웃음으로 터지리니.

* 암담했던 70년대에 시를 쓰는 김옥기 양이 그려준 것으로, 자식들에게 너희들 할아버지라고 일러줬다.

** 시집 『가거도』를 발간했을 때 조병화 시인이 써준 글씨.

달빛이 찾아와

문득 일어나 앉았다.
달빛은 달빛 나는 나이지만
달빛이 찾아와 나의 잠을 깨웠다.
천하의 어둠속을 속속들이 들쑤셨다.

피곤한 육신을 일으켜
무릎을 꿇고 나는 속으로 흐느꼈다.
고맙다. 고맙다.
나의 오랜 잠을 깨우는 소리
노란 은행잎이 하이얗게 밤하늘에
솟구치다가 끝내 땅에 엎드렸다.

잠을 잘 수가 없었다.
육신을 눕힐 수가 없었다.
사건은 항상 간밤에 일어나
새벽에 뜬소문처럼 골목 골목에 누워서
일어나는 사람들을 힐끔힐끔 쳐다보며
바쁜 발걸음을 붙잡기도 할 것이다.

문득 일어나 앉았다.
달빛이 찾아와 끝끝내 나를 눕히지 않는다.

내일 새벽은
조금 어수선할 것도 같다.
아니 조금은 태양도 늦게 떠오를 것 같다.

파랑새

파아란 하늘에 누가
파랑새 한 마리를 잘도 그려놓았다.
엊그제까지만 해도 쏘내기라도
한두름 퍼부을 것만 같던 우중충한
하늘이더니, 내 마음만 같은 하늘이더니
한하운 시인의 황토 같은 눈물이 하늘을 떠돌다가
그렇게 추위에 얼어 박혔나부다.

저녁내 잠을 못 이루던 내 눈물이
하늘로 치솟아
저승의 추위에 그만 얼어 박혔나부다.
손대지 마, 손대지 마.
불면 꺼질 것만 같은
허상 하나라도 지니면서
이렇게 살아도 사람의 삶인 것을.

천만인의 억만인의 하늘에다
저런 허상 하나 그려놓고
이렇게 시를 쓰는 것도 시인의 자유인 것을.

바람이 불어도

바람이 불어도
서쪽은 서쪽
동쪽은 동쪽
북쪽은 북쪽
남쪽은 남쪽일 뿐이더냐.

역시 그랬었구나
골똘한 생각 끝에
고개를 쳐들었을 때
움직이지 않는 한 마리의
육중한 짐승은
하늘만 올려보며
배고픔으로 거기 서 있을 뿐이더냐.

바람이 불어
깃발은 사방으로 휘날리고
조그마한 소식에도 몸은 나부끼지만
남쪽은 북쪽과
서쪽은 동쪽과
함께 어울리지 않고

찌든 하늘에 길들어진 채
그 자리에 바위로 박힐 뿐이더냐.
바람이 불어도 떠나지 않고
바람이 불어도 오지 않는 세월은.

시인은

마음과 마음이
서로 닿지 않을 때
짐승들은 짧은 털이나마 곤두세워
끙끙거리고,

말과 말이
서로 통하지 않을 때
짐승들은 짧은 귀나마 곤두세워
컹컹거리고,

하늘은 번개를 불러
지상의 눈들을 번쩍이게 하고
하늘은 천둥을 불러
지상의 귀를 깨우치고

돌멩이들은 시냇물을 시켜
돌돌돌 흐르게 하고
푸른 소나무는 바람을 시켜
솔솔솔 불게 하고

오직

시인은 녹슨 펜으로
세상을 흐리게 하는가.

안개뿐인 세상을
오직
시인은 안개만을 피우는가.

수수께끼

질문은 다소 강압적이겠지만
답변은 자유로와야 합니다.
질문은 다소 상상적이겠지만
답변은 현실적이어야 합니다.

첫번째 문제 풀어볼까.
태양에 붙어 있는 것은 무엇인가요?
낮?
두번째 문제 풀어볼까.
달에 붙어 있는 것은 무엇일까요?
밤?
세번째 문제 풀어볼까.
섬이 달린 것이 무엇인가요?
육지?
네번째 문제 풀어볼까.
풀잎에 축 처져 있는 것이 무엇인가요?
땅덩어리?
다섯번째 문제 풀어볼까.
말소리에 붙어 있는 것이 무엇인가요?
사람?
여섯번째 문제 풀어볼까.

팔다리에 붙어 있는 것이 무엇인가요?
몸뚱어리?
일곱번째 문제 풀어볼까.
大王에 붙어 있는 것이 무엇인가요?
백성?

아이고 정신없어라.

꿈과 법

잡놈(들)과 잡년(들)은
흉악망측한 어젯밤의 꿈들을 털고
아침이면 일어난다.

선남선녀들도
무릉도원을 거닐던 어젯밤의 꿈들을 털고
아침이면 일어난다.

자기는 뭔데? 자기는 뭔데?
그들은 길거리로 나서서
순식간에 뒤섞인다.
잡놈잡년은 선남선녀가 되고
선남선녀는 잡놈잡년이 되어
자기 얼굴들을 잊고 놀아대다가
몇시간쯤 구류도 살다가

나름대로의 꿈을 꾸기 위해
이불 속으로 기어든다.
잡놈과 잡년의 꿈을 꾸기 위해
선남과 선녀의 꿈을 꾸기 위해
사람들은 일찍부터

집을 마련한 다음
저녁을 마련했다.
법을 만든 다음
법에 걸리는 놀이에 익숙해왔다.

시인의 어깨 너머에는

시인의 어깨 너머에는
찌푸린 하늘이 드리워 있고
하늘 아래는 산이 앉아 있고
이 나무 저 나무 날아다니는
새떼들이 있다.

시인의 어깨 너머에는
어젯밤 광주를 들러온 바람이 웅성거리고
어머님의 주름진 얼굴이 얼룩져 있다.

시인의 어깨 너머에는
공장이 있고 대학교가 있고
월급과 등록금의 지폐가 날린다.

시인의 어깨 너머에는
양말과 발가락 사이에서
치열한 땀들의 싸움이 있고
별빛과 별빛의 치열한 반짝임이 있다.

시인의 어깨 너머에는
도시춤이 있고

시골춤이 있고
공장춤이 있고
학교춤이 있고
어깨춤이 있다.

정상을 향하여

날씨는 흐리고,
침묵의 정상을
아니 터질 듯한 함성의 정상을
빗속에서 땀을 훔쳐내며
오른다. 마음을 꽉 닫고 지내던
육신을 끌면서 끌면서
산을 오르면
언제겠는가,
이 더러우나 떠날 수 없는 땅에
입맞추고 마지막으로 손을 흔들며
내가 입을 다물 날은.

언제겠는가,
그토록 오랜 세월을
당신의 당신의 몸에
가장 인간다운 날을 아로새기려고
때론 입을 꼬옥 다물고
때론 쉴새없이 지껄이며
산을 오르다가
침묵 아니면 함성으로
내 육신을 갈가리 찢어

당신의 당신의 육신과
이 땅을 떠돌 날은.
내 영혼을 갈가리 찢어
당신의 당신의 영혼과
이 땅을 떠돌 날은.

날씨는 여전히 흐리고,
바람 속에서 육신의 정상을
아니 이내 터질 듯한 영혼의 정상을
오늘도 우리들은 오른다.

이상한 계절

살을 삶고 마음까지 푹푹 찌는 여름이온데
눈이 내립니다. 눈보라가 칩니다.
세월이 미쳐 사람이 보고파서 미쳐
제 갈 길을 찾지 못하온 것인지
사람이 미쳐 세월이 보고파서 미쳐
제 갈 길을 찾지 못하온 것인지
눈이 내립니다. 눈보라가 칩니다.

지난 봄엔 잎이 푸릇푸릇 자라 떨어진 자리에서
꽃송이들이 피어올랐습니다.
지난 겨울엔 꽃송이들이 피어오르고 난 자리에서
잎도 피지 않고 눈꽃들이 피어올랐습니다.
지난 가을엔 열매가 먼저 열렸다 떨어진 자리에
꽃송이들이 솟아올랐습니다.

녹음과 꽃송이들이 바뀌어 피어올랐습니다.
열매와 꽃송이들이 바뀌어 피어올랐습니다.

잠자리에 누워서도 눈을 뜨고 자고
길을 걸으면서 눈을 감습니다.
여름이온데 눈이 내립니다.

눈보라가 칩니다.
미친 세월에 덕지덕지 붙어서
우리들이 사는 것은 모두 풍자입니다.

단풍을 보면서

내장산이 아니어도 좋아라
설악산이 아니어도 좋아라

야트막한 산이거나 높은 산이거나
무명산이거나 유명산이거나
거기 박힌 대로 버티고 서
제 생긴 대로 붉었다.
제 성미대로 익었다.

높고 푸른 하늘 아니더라도
낮고 충충한 바위하늘도 떠받치며
서러운 것들,
저렇게 한번쯤만 꼭 한번쯤만
제 생긴 대로 타오르면 될 거야.
제 성미대로 피어보면 될 거야.

어린 잎새도 청년 잎새도
장년 잎새도 노년 잎새도
말년 잎새도
한꺼번에 무르익으면 될 거야
한꺼번에 터지면 될 거야.

메아리도 이제 살지 않는 곳이지만
이 산은 내 산이고 니 산인지라
저 산도 내 산이고 니 산인지라.

성에

어젯밤은 그렇게도 어수선하더니만
대신 오고야 말았구나.
허이연 성에로 오고야 말았구나.

산자락 같은 데 강가 같은 데 아니면
벙어리인 채로 허허벌판에서나
펴져서 깔리던 너,
바람과 어깨동무하고 와서
골목골목 가득히 서성거렸었구나.

어젯밤 모처럼의 꿈도
그렇게 얽히고설키더니만
꼭두새벽 이제는 바람을 타고서
대문이나 울타리를 넘어서
삼삼오오 점령군처럼 설치는구나.
배를 깔고 집 안 구석구석을 핥는구나.

이것이었구나.
창을 기어오르는 안개여!
무슨 말인가를 할 듯 할 듯 하다가
얼면서 끝내 입을 다문 채

너 참말로 찬란하게 피는구나.
함성으로 살아 터지는구나.

사랑

첫눈이 내린다.
어디고 없이 제멋대로
내리고 내리는 것 같지만
내릴 곳을 보아가며
서둘지 않고 내린다.

첫눈이 내린다.
지상의 왼갖 聲明들을 잠재우며
지상의 왼갖 낙서들을 지우며
한량없이
하이얗게 내린다.

높고 높은 하늘을 지나서
가파른 절벽을 지나서
풀잎들의 머리 위를 지나서

움직이는 것들 위에 내린다.
숨쉬는 것들 위에 내린다.
꿈꾸는 것들 위에 내린다.

오오, 오오, 소리치지는 않고

오오, 오오, 그 입모양만 보이며
우리들 귓바퀴 근처에 내린다.

보아라, 보아라 소리치지는 않고
보아라, 보아라 그 입모양만 보이며
우리들 눈앞에
빰 비비며
첫눈은 그렇게 그렇게
붐빈다.

불씨

내버려둬요.
내버려둬요.

오로지 풀씨만한 몸뚱어리 하나로
떠도는 같잖은 소리들 다 듣고서

세상에 비치는 같잖은 모습들
몸에 모두 가득 두르고서.

한번 타오르자, 도란도란,
한번 재가 되자, 도란도란.

가장 황량하고
가장 추운 곳에 끼리끼리 모여서

이내 가슴 이 숨결을
불지피며 보채는 저것들을

내버려둬요.
내버려둬요.

백두산

언제나 그러하듯 흰옷 입고
손을 마주 잡고 두리둥실 춤을 추며
모래알들 타는 가슴으로
슬픈 모가지를 쳐들어
당신을 부른다.

백두산!
허리 꺾인 채 통곡하면서도
잊어버릴 뻔하였구나.

오늘도 남녘땅을 거닐면서
한잔의 술을 쏟아부으면서
천지에 올라 아스라한 만주평원을 바라본다.
꿈결인가. 생시인가.
당신의 품에 안겨 흐느낀다.

아니야, 아니야, 우리 탓은 아니야.
오고 가지 못한 슬픈 마음들이여
님끼리 님끼리 총칼을 거두자.
오르고 오르다가 쓰러져
깃발로 된들 우리 슬퍼하지 않으리라

함경도 계집이, 평안도 계집이, 황해도 계집이
강원도 계집이, 충청도 계집이, 경상도 계집이
전라도 계집이, 제주도 계집이
오오, 팔도 계집이 한 하늘 우러러
강강수월래 강강수월래 춤을 추다가 쓰러져
깃발로 된들 우리 슬퍼하지 않으리라.

자작나무 숲 사이 풀 한 포기라도
우리 마음 한마음 아닌 것 없구나.
그대로 있으려는가.
천지여,
맑은 가슴이여,
차라리 울음이여,
침묵이여.

片雲

우리들 머리 위에서
늘 홀로 떠돌다가
늘 홀로 쉬었다가
심심하면 끼리끼리 모여서
함께 어울리기도 하는
저 조각구름을 보아라.

티없이 맑은 하늘을
어쩌자고 더 맑게 쓸어내자고
잠깐 쉬었다가 하늘 구석구석을
빗질하는가.

우리들의 머리 위에서
늘 홀로 떠돌다가
지상이 그리우면
사람 몰래 내려와
안쓰러이 몸 흔드는 풀잎에다가
아침 이슬 맺혀놓고
홀연히 다시 하늘로 돌아가고

우리들 머리 위에서

늘 홀로 떠돌다가
그리움 문득 일면
강물 속에나 바닷물 속에까지 내려와
조약돌이거나 물고기거나 함께 섞여 노닐다가
홀연히 다시 하늘로 올라가서는,

흰 거울 만들어
우리들 마음까지 다 털어내게 하는구나.
우리들 슬픔까지 기쁨까지 죄다 털어내게 하는구나.

늘 홀로 떠돌면서
늘 우리와 함께 어울리는
저 조각구름은
가끔 찌든 하늘가에서
파이프 담배 연기를 아스라이 피워올리누나.

산행에서

아침 일찍 산에 오르면
일찍 길들은 깨어 있고
나뭇잎 풀잎들도 깨어 있고
특히 이슬방울들은 영롱하게 피어 있습니다.

山行은 혼자라야만 재미있습니다.
다투어 말을 걸어오는 산속의 모든 것들은
소리가 곧아서
내 귓속에 틀림없이 들려옵니다.
혼자서라야 그걸 들을 수 있습니다.

산들은 저녁내 잠을 자지만 아침 일찍
깨어납니다.
산들은 잠을 자면서도
아침 일찍 찾아올 손님을 위해
노래를 준비합니다.
노래뿐만이 아니라고요.
썩은 영혼을 위해 새 영혼도 마련합니다.

산이여
인간이여

지금 우리들은 떨어져 있습니다만
언젠가는 꼭 만나서
영원히 함께 뒹굴 것입니다.
그때는 조용 조용히 누워 있을 것이 아니라
더 큰 바위를 솟게 하고
더 큰 나무를 하늘 끝까지 세울 것입니다.

끼리끼리

끼리끼리 붙어서
아무런 낌새도 모르는 채 살아간다.
노래 부르며 박수치며 혹은
흐느끼며 통곡하며
끼리끼리 붙어서 하나가 된다.

나무는 나무대로
바람은 바람대로
들꽃은 들꽃대로
창녀는 창녀대로
부부는 부부대로
끼리끼리 붙어서 산다.

바닷가를 보아라.
모래는 모래끼리 붙어서 모래사장을 만들고
바람은 바람끼리 붙어서
파도를 만들지만
파도 또한 한덩어리가 되어
산보다 더 큰 함성을 만든다.
나무는 바닷가의 나무는
파도와 바람과 함께 노닐면서

청청하게 서 있다.

달려가서 바닷가에 서 있고 싶어라.
끼리끼리 사는 모습 바라보며
청청하고 싶어라.
죽음까지도 청청하고 싶어라.
내가 뱉는 욕설까지도
밤하늘의 별처럼 반짝이고 싶어라.

바위

어제 하루도 고개를 떨구어
침묵을 하고
그제 하루도 고개를 떨구어
침묵을 하고
그끄저께 하루도 고개를 떨구어
침묵을 했으니께

누가 누가 잘하나
침묵내기 침묵을 하기다.

오늘 하루도 하늘을 우러러
침묵을 하고
내일 하루도 하늘을 우러러
침묵을 하고
모레 하루도 하늘을 우러러
침묵을 하고
글피 하루도 하늘을 우러러
침묵을 하기다.

누가 누가 오래 하나
침묵내기 침묵을 하기다.

이제야 깨달았다

제멋대로 사는 것은 다 삶이 아니옵듯
제멋대로 붙어다닌다 해서 다 말이 되는 것은 아니옵니다.
떨어져야 할 말은 떨어져 힘을 못 쓰게 하옵고
붙어야 할 말은 서로 붙어 힘을 쓰게 해야 하옵니다.

가령, 이런 2음절 말은 여러분도 싫을 것이옵니다.

붙으면 '분단'이 되오니 '분'과 '단'은 떨어져야 하옵니다.
붙으면 '전쟁'이 되오니 '전'과 '쟁'은 떨어져야 하옵니다.
붙으면 '폭력'이 되오니 '폭'과 '력'은 떨어져야 하옵니다.
붙으면 '독재'가 되오니 '독'과 '재'는 떨어져야 하옵니다.
붙으면 '타율'이 되오니 '타'와 '율'은 떨어져야 하옵니다.
붙으면 '식민'이 되오니 '식'과 '민'은 떨어져야 하옵니다.

그런데 이런 2음절 말은 여러분도 좋아할 것이옵니다.

떨어지면 '통일'이 안되오니 '통'과 '일'은 붙어야 하옵니다.
떨어지면 '평화'가 안되오니 '평'과 '화'는 붙어야 하옵니다.
떨어지면 '화해'가 안되오니 '화'와 '해'는 붙어야 하옵니다.
떨어지면 '민주'가 안되오니 '민'과 '주'는 붙어야 하옵니다.
떨어지면 '자율'이 안되오니 '자'와 '율'은 붙어야 하옵니다.
떨어지면 '독립'이 안되오니 '독'과 '립'은 붙어야 하옵니다.

눈망울

누가 버린 보석들이냐
웬놈의 보석들이냐
봄이 되면서 안개는 짙게 깔리고
눈망울만 여기저기서 어허, 더욱 빛나네.
안개를 쓸어내면서
바람은 잔잔히 불고
무수한 보석들이 느닷없이
하늘에서도 번쩍이고
광화문, 종로, 수유리, 망우리에서도 어허, 더욱 번쩍이네.
누가 감히 쓸어가랴
밤낮없이 쓰러지면서 번쩍이고
계절없이 일어서면서 어허, 어허, 번쩍이는 빛들을.

벌판

어느 누가 펼쳤느냐
감히 누가 돌돌 말았겠느냐
청천하늘엔 외침도 많고
드넓은 벌판엔 한도 많으니
황제는 겁도 났겠더라.

잡것들

이놈, 저놈,
잡자 돌림 잡놈들은 가라.
잡소리도 가라.

이년, 저년,
잡자 돌림 잡년들은 가라.
잡소리도 가라.

좁은 땅 위에 왼갖 잡것들이
이리 많은고.

아직은 살살 쓸면서 타이르노니
썩, 썩 물러가라.
작은 슬픔 커서
큰 슬픔으로 굳어진다!
떽끼, 떽끼, 어서, 어서, 가라.

온밤 내
가득 날아와 쌓인 쓰레기를 쓸면서
쓸린 자리 딛고서
어느 중년은 중얼중얼 빗자루를 놀린다.

살 만큼 살아온 댓가로
남의 집 골목까지 누비면서
엄동설한을 쓴다.

선언

이 나라 사람들은 너무 착해
마음들이 텅텅 비어 있어
큰일은 큰일이야.

이 나라 사람들은 너무 순해
가슴에 찬바람만 일어서
큰일은 큰일이야.

그런 까닭으로 거부할 일이야.
목발을 짚고 거부할 일이야.
목손을 저어 저어 거부할 일이야
목발로라도 길길이 뛰면서
목손으로라도 부은 눈 부비면서
착한 눈 뜰 일이야.

탱자나무 가시에 걸려
퍼덕이는 헝겊조각의 몸부림으로,
그 먼지들의 풀풀거리는 아우성으로
거부할 일이야.

우리들의 모든 몸짓은

강가에서는 갈대의 흔들림으로
대숲에서는 대나무의 꼿꼿함으로
벌판에서는 천태만상의
오곡백과로 영글 일이야.

꿈속에서

험살궂은 저것이
보이니까, 안 보일 때까지
뻗어가는 저것이
보이니까, 안 보일 때까지
차고, 쫓아가서 뭉개버린다.
꿈결마다 찾아드는 나의 땅 위에
굳을 대로 굳어 있는
분계선을 차버린다.
휴전선을 뭉개버린다.

그 우람한 암덩이가 보이니까
발가락이 아프더라도
아아. 헛발질일지라도
보이니까, 안 보일 때까지
차고, 쫓아가서 뭉개버린다.
한강서 발 씻고,
압록강서 발 씻고.

수갑

천번 만번이라도
손목을 내밀마.
그 손목도 부족하다면
발목이라도 내밀마
그 발목도 안된다면
모가지라도 내밀마
그 모가지도 약하다면
몸뚱어리째 내밀마
이 몸뚱어리 성한 데가 없어
옭아매지 못한다면
좋다, 좋다,
숨결이라도 내밀마.
터럭 난 너의 손아귀 앞에
아아, 내 최후의 눈빛이라도
내밀마.

해빙

유난히 추웠던 겨울
유난히 따스한 봄이 오려나.

모두 얼어붙은 겨울이었지
골목마다 왁자지껄 떠들던
조무래기들의 소리도 얼어붙고
새벽녘 책 읽는 소리도 얼어붙었지.

긴급 뉴스를 외치는 텔레비전도
신문 특호활자도 얼어붙고
어머님의 자장가도 얼어붙었지.

하늘까지 사무치며 오르던
교회들의 기도소리도
허공 중에 얼어붙고
모든 움직이는 것
꼼짝없이 그 자리에 얼어붙었지.

높거나 낮은 곳,
넓거나 좁은 곳,
밝거나 어두운 곳 구별없이

남녀노소 구별없이 얼어붙었지.

유난히 따뜻한 봄이 오려고
불씨마저 움츠려 얼어붙었는가.
우리들의 언 사랑이 풀리면
언 하늘도 풀리고, 언 땅도 풀려
모두 풀리는
봄은 오려나.

신화

청춘의 고집은 꺾이지 않는다.
강한 무기로는 꺾지 못한다.
일제하에서도, 1950년대에도
1960년대에도, 아니 1970년대에도,
그런 방법으로는 그런 고집을 꺾지 못했다.

청춘은 뜨거워도 서서 걸으므로,
앉아 있다가도 이상한 바람이 불어올 때는
꼭 일어서서 당당하게 그 바람을 밀어내며 걸으므로,
네 다리로 앞을 향해 엉금엉금 기다가
게처럼, 게의 군단처럼
옆으로 쏜살같이 비켜설 수 있을 터인데도
청춘의 눈은
게눈 감추듯 하지 않고
똑바로 뜨고 걸으므로,
앉을 자리를 보아, 숨을 자리를 보아
게눈처럼 껌벅이지 않으므로,

거기 그들의 땅이 있으므로,
거기 그들의 하늘이 펼쳐 있으므로,
거기 그들의 넘치는 사랑이 있으므로,

김양의 향기는 시들지 않는다.
최군의 향기도 시들지 않는다.
순이의 가슴은 식지 않는다.
돌이의 가슴도 식지 않는다.

이 뜨거운 시대의 가슴팍에
열풍이 몰아쳐도, 한풍이 몰아쳐도
기가 막혀도 내 사랑이므로,
눈이 매워도 내 젊음이므로,
멍이 들어도 내 살결이므로.

짝지어주기

아무래도 우리는
짝짓는 데 나서야겠습니다.

마음 하나로
세상을 굴복시키기 어려울지라도
그 마음 하나
짝지어주고 싶은 그 마음 하나
갖기는 어렵지 않습니다.

가령, 이런 짝지어주기는 어떨까요?
모래와 물을 짝지어주는 일 말입니다.
바람과 나뭇잎을 짝지어주는 일 말입니다.
데모와 진압을 짝지어주는 일 말입니다.
펜과 잉크를 짝지어주는 일 말입니다.

여당과 야당이 짝지여 있는 것 말고
남자와 여자가 짝지여 있는 것 말고
옷과 살결이 짝지여 있는 것 말고
입술과 거짓말을 떼어내어
귀와 침묵을 떼어내어
국토와 휴전선을 떼어내어

이남과 이북을 짝지어주는 일 말입니다.
마음과 마음을 짝지어주는 일 말입니다.

앞으로는 필요없을 시

악, 악, 악을 쓰면서
흔들리면서 흔들면서
겨울을 마구 토해내는 강산이로구나.

악, 악, 악을 쓰면서
흔들리면서, 흔들면서
무수한 꽃들이 핀다.

꽃샘바람이 차고 매울수록
그렇게 꽃나무들은
다투어 꽃망울을 터뜨리는구나.

악, 악, 악을 쓰면서
흔들리면서, 흔들면서
책갈피 속의 활자들이 눈을 뜬다.

악, 악, 악을 쓰면서
흔들리면서 흔들면서
아스팔트길도 출렁이며 꽃길이 된다.

오오,

순아 돌아
쩡쩡 울리던
겨울의 피울음 대신, 마침내
꽃향기 가득한
우리들 강산이 되려는구나.

악, 악, 악을 쓰면서
흔들리면서,
흔들면서.

아직 살아 있기에

봄이 오면, 봄이 오면
피어나라 피어나라 해도
피어나지 않을 거야
피어난다 피어난다 되풀이했던 말까지
다시 다시 불러들일 거야

여름이 오면, 여름이 오면
푸르러라 푸르러라 해도
푸르르지 않을 거야
푸르리라 푸르리라 되풀이했던 말까지
다시 다시 불러들일 거야

가을이 오면, 가을이 오면
떨어져라 떨어져라 해도
떨어지지 않을 거야
떨어진다 떨어진다 되풀이했던 말까지
다시 다시 불러들일 거야

겨울이 오면, 겨울이 오면
얼어라 얼어라 해도
얼지 않을 거야.

언다 언다 되풀이했던 말까지
다시 다시 불러들일 거야

아직 살아 있기에,
봄 여름 가을 겨울이
우리들 몸 안팎으로 살아 있기에
봄 여름 가을 겨울 가릴 것 없이
한몸으로 한사랑으로 살아 있기에
슬프지 않고 부끄러울 뿐
기쁘지도 않고 고요할 뿐
아, 부끄러움과 고요함이 쌓여
깨끗한 용기가 되어 살아 있기에.

光州

光州는 내 고향이며 타향이다.
유년을 보낸 광주는 고향이지만
요즘은 고향이 아니더라.

나는 왜 지금까지 몇년을 광주에 들르지 못했는가?
무서워서 무서워서?
나의 역할을 나는 비굴하게
서울서 포기하면서
광주의 情까지도 멀리하면서
나는 죽음을 향해 줄달음쳐왔다.

光州여, 光州川이여 光川洞이여
죽어서 죽어서
충장로에 묻히리라.
무등산을 바라보며 누워 있으리라.

온통 사랑인 원망인 광주여.
무수히 새로 거듭 태어나는 광주여.
대한민국이여.
광주를 사랑하지 못하는
대한민국을 사랑하지 못하는 자들은

떠나라. 지상을 떠나라.
떠나라 어서 어서
떠나라 어서 어서.

깊은 잠

천년을 자야 깊은 잠이지
한 시간쯤은 일보다가 그대로 천년을
자야 그게 깊은 잠이지.

사람은 간사해서 겨우 7,8시간 자고도
깊은 잠이라고 고래고래 소리치면서
온 세상천지를 활보하는구나.

불쌍한 것들,
우리가 뭐 나뭇가지에 걸린 이파리냐
아스라한 실 끝에 매달린 연이냐.
술잔 끝에 걸린 입술이냐
자동차들의 경적 끝에 매달린 운명이냐

참으로 불쌍한 것들.
스스로를 다스리지 못하면서
겁을 줘도 먹지 않고
法을 줘도 길들지 못하는

우리는 참으로 잘난 것들이냐.
우리의 말이 없었다면

우리의 글자가 없었다면
우리의 마음들이 없었다면
이 볼펜 다 집어던지고
한 천년쯤 자다가
벌거숭이로 태어날 것인데.

자유가 시인더러

자유가 시인더러 하는 말 좀 들어보게.
시인이 자유더러 하는 말 좀 들어보게.
서로 먼저 말하겠다고 싸우는 꼴 좀 바라보게.
도무지 무슨 말인지 알아들을 수도
없는 말 한번 들어보게.

자유가 시인더러
시인이 자유더러
멱살을 잡고 무슨 말인가를 하지만
전혀 알아들을 수 없네.
우리 같은 촌놈은 도무지 알아들을 수 없네.

자유가 시인더러
시인이 자유더러
따귀를 올려치면서 탁탁탁 치면서
하는 소리 들어보게나.

아아, 저게 상징이구나 은유로구나
상상력이구나
아픔만 낳는 詩法이구나.
오늘 하루도 평탄치 못하겠구만.

일찍 일어나 세수부터 정갈하게 하고
구두끈도 단단히 동여매야겠구만.

흐느끼는 활자들

서강학보 창간 25주년에 부쳐

우리들이 매일 읽는 책은
거짓말투성이임을 알면서도
거짓에 길들여지기 위해서
우리들은 그것들을 읽는다.

우리들이 매일 읽는 신문은
거짓말투성이임을 알면서도
거짓에 길들여지기 위해서
우리들은 그것들을 읽는다.

얼마나 아름다운 행위들이냐!
성경까지도 불경까지도
시경까지도 서경까지도 논어까지도
우리들이 읽는 시간과 장소에 따라
개개인의 성격에 따라
거짓투성이임을 우리들은 안다.

우리들이 매일 읽는 책,
매일 읽는 신문은 오늘날
참으로 이상한 소리를 내고 있다.
우리들은 목이 타서 그것들을 읽으면서

활자들과 우리들의 마음이 어우러져서
함께 흐느끼기도 한다.

활자들은 태연히 박혀 있지만
아니 태연히 쓰러져 누워 있거나
아예 건방진 誤字도 간혹 끼어 있지만
아니 상처투성이로 깨어져 있기도 하지만
읽는 사람, 읽는 장소, 읽는 시간에 따라
그들은 화합을 뽐내기도 하지만
따로따로 떨어져 멀거니 읽는 사람들의
눈들을 쳐다볼 때가 많다.

활자들이여,
왜, 어쩐 일로 요즘은 그렇게
원수의 북소리처럼 우리들을 위압하는가?

얼마나 많은 문선공들이 떨면서 너희들을 감싸안았는지 아는가?
그때 활자들이여, 팔려가기 싫어
사형수의 몸부림처럼 버텼음도 알고 있다.
활자들이여, 꽂히기 싫어

식자공 아저씨들의 손에서 몸부림쳤음도 알고 있다.

아아, 슬픈 형제들이여, 누이 같은 모습이여,
최루탄의 향기까지도, 너희들은
뽑히면서 울고
꽂히면서 울고
찍히면서 울면서
사랑하는가. 증오하는가.

시대가 성숙하면서, 깊어지면서
낙엽처럼 흩날리는
책갈피며 신문들은
우리들의 착하고 여린 눈들을 뒤덮는구나.

미꾸라지도 뛰었었소
4·19혁명 24주년에

미꾸라지도 뛰었었소.
차마 물속에서만 가만히 있을 수 없어
모래밭으로 기어올라
물기가 다 마르도록 뛰고 뛰었었소.
그때, 사람 사는 꼴이 싫어서
산속에서 어슬렁거리던 짐승들도
거리를 뛰쳐나와 뛰고 뛰었었소.
꽃들도 산에서 내려와 거리에서 피어올랐었소.
도둑들도 폭력배도, 사기꾼도 그땐
빈집을 털지 안했었소.
남을 때리지 안했었소.
남을 속이지 안했었소.

"시간이 없는 관계로 어머님 뵙지 못하고 떠납니다. 끝까지 부정선거 데모로 싸우겠습니다. 지금 저의 모든 친구들, 그리고 대한민국 모든 학생들은 우리나라 민주주의를 위하여 피를 흘립니다. 어머님, 데모에 나간 저를 책하지 마시옵소서. 우리들이 아니면 누가 데모를 하겠습니까. 저는 아직 철없는 줄 압니다. 그러나 국가와 민족을 위하는 길이 어떻다는 것을 알고 있습니다. 저희 모든 학우들은 죽음을 각오하고 나간 것입니다. 저는 생명을 바쳐 싸우려고 합니다. 데모하다 죽어도 원이 없습니다. 어머님, 저를 사랑하시는 마음으로 무척 비통하게 생각하시겠지마는 온 겨레의 앞날과 민족의 해방을 위하여 기뻐해주세요. 이미 저의 마음은 거리로 나가 있습니다. 너무도 조급하여 손이 잘 놀려지지 않는군요. 부디 몸 건강히 계세요. 거듭 말씀드리지만 저의 목숨은 이미 바치려고 결심하였습니다. 시간이 없는 관계상 이만 그치겠습니다."*

참으로 오랜만에 사람이 사람답게 외치며
거리를, 조국의 품안을, 민족의 이 땅을 누볐었소.
남녀노소가 따로 없었었소.
땅 위 사람의 마음은 높고 하늘은 낮았었소.
조국은 길고 정치는 짧았었소.
우리 겨레, 우리나라 있어온 지 처음으로
그때, 사람들은 사람들의 마음을 보았었소.
그때, 사람들은 처음으로 영원을 보았었소.
그때, 사람들은 처음으로 남이 아닌 한식구가 되었었소.
우리 식구 아닌 사람 썩 물러가라.
삼천만의 목소리로 외쳤었소.
이십사년 전 일이었소.
꿈이 아닌 현실이었소.

* 4·19 당시 서울 한성여중 2년에 재학중이던 진영숙 양은 어린 몸으로 이 유서를 써놓고 혁명에 참가, 산화했음.

젊은날의 일들

향록학보 창간 5주년에 부쳐

어수선할 때
타고 마른 목을 어찌할 수 없을 때
도무지 앞도 보이지 않고
뒤도 보이지 않을 때,
세상의 온갖 것들은 모조리
자신으로부터 멀리 떨어져 흐른다고
두 주먹을 들어 부르르 떨면서

우리들은 무엇을 생각하는가.
우리들은 어디에 몸을 기대는가
어디로 어디로 가는가.

캠퍼스를 에워싸는 저 소음들을
쏭쏭쏭 뿡뿡뿡 제 세상 만난 소리들을
찾아가서, 한 권의 책값을 던지지 않는다.
더운 가슴을 한 조끼의 생맥주에 식히지 않는다

남들이 치고 노는 야구 놀이터를
남들이 차고 노는 축구 놀이터를
아무렴, 절대 기웃거리지 않는다.
그런 놀이터는 애기들의 천국.

피곤한 몸과 마음을
악한이나 미녀들이 끼리끼리 노는
그런 텔레비전 앞에 눕히지 않는다
바보처럼 바보처럼
몸을 뒤척이며 젊은날을 맡기지 않는다.
바보처럼, 바보처럼
젊은 뜻은 끌려가지 않는다.

열심히 살면서
때로는 분노하고 포기하고 다시 일어나,
묵묵히 사람의 일을 해내던
그리하여 떳떳이 하늘을 우러러
누워 있는 공동묘지의 주인공이 되더라도

한 알씩의 모래로 흩어져 노래 부를 때가 아니라
찰흙의 뒤엉킴을 간절히 간절히 그리워할 때다.

뼈와 뼈가 부딪혀 지맥을 울리는
저 소리를 모아
젊은날의 소리를 짓고

숨결과 숨결이 뭉쳐 태풍을 만드는
저 소리없는 소리를 모아
젊은날의 소리로 내뿜어서

우리들의 어두운 가슴을 말끔히 닦아낼 일이다.
우리들의 하늘을 수시로 뒤덮는
먹구름을 말끔히 쓸어버릴 일이다.

더도 말고 덜도 말고

더도 말고
덜도 말고,
바른 마음 하나로
이미 죽은 말씀을 파헤치며
나아가자는 말씀이야.

더도 말고
덜도 말고,
오직 곧은 마음 하나로
흐린 날개 젖지 말며
나아가자는 말씀이야.

우리들의 펜은 황폐한 지성을 파헤치며 나아가자는 말씀이야.
우리들의 열린 마음은 나아가자는 말씀이야.

더도 말고
덜도 말고,
할 말은 꼭 해야
헛소리는 헛소리를 낳지 않으니깐요.

더도 말고

덜도 말고,
쓸 말은 꼭 써야
슬픈 마음은 슬픈 마음을 낳지 않으니깐요.
꼭 하고 꼭 써야
곧은 소리는 곧은 소리를 낳으니깐요.
기쁜 마음은 기쁜 마음을 낳으니깐요.
그러니깐 말씀이야
더도 말고
덜도 말고,
피워올리잔 말씀이야.
한없이 낮은 데서부터
끝없이 높은 데까지
피워올리잔 말씀이야.

그 우리들의 참뜻 말씀이야
그 우리들의 참자유 말씀이야
목련꽃보다도
더 짙고 그윽한 향기 말씀이야.
바르게 제자리에 제대로 박힌
그 신나는 활자들의 행렬 말씀이야.
그것을 고황산 기슭 기슭에

피워올리잔 말씀이야.

더도 말고
덜도 말고,
타는 눈의 갈증을
타는 가슴의 갈증을
타는 지성의 갈증을
우리 함께 흔들며,

더도 말고
덜도 말고,
내 마음을 새롭게,
우리 마음을 새롭게!
사회를 새롭게,
나라를 새롭게!
세계를 새롭게,
인류를 새롭게! 말씀이야.

한라산에서 백두산까지

마당은 비뚤어졌어도 장구는 바로 치자*

한라산에서 백두산까지 가는 길이
비록 고속도로는 아니어서,
가다 가다 앞서가는 사람 안 보이는
꼬불꼬불한 오솔길일지라도
장구만은 바로 치며
그 소리만은 천지간을 가득 채우며
가자니깐요.
끊임없이 줄줄이 춤추며 가자니깐요.

이날 이때까지 숱한 생명이
흐느끼다가 남몰래 가슴 두드리며
죽어간 그 혼들이 밤하늘 가득히
별로 떠돌며 이 어둠을 애잔히 밝히는
무거운 하늘일망정
어찌할 수 없는 일 아니오?
아무렴, 이런저런 일 탓하다가
하늘까지 무너지면
어디서 우리 산천 찾아서
다시 산들 만들고 강들 만들어
짐승들 뛰놀게 하며 물고기 뛰놀게 하리까.

남한의 마음에서 북한의 마음까지 뻗은 길이
비록 탄탄대로는 아니어서
앞서 가는 사람이 미끄러지고
뒤에서 따르는 사람도 겹쳐 쓰러지는
미꾸라지보다도 더 미끌한 빙판길일지라도
꽹과리만은 바로 치며 징만은 바로 치며
몸놀림도 바로 하며 가자니깐요.

이날 이때까지 우리는 길 모양새 핑계삼아
걸음걸이 제대로 하며 걸어보았던가요?
이날 이때까지 우리는,
우리들을 짓눌리는 저 한덩어리를 핑계삼아
제대로 고개 쳐들어 하늘 쳐다본 적 있었나요?
정말, 정말로 있었나요?

입은 비뚤어졌어도 말만은 바로 해보라니깐요.
입술은 뭉개졌어도 입맞춤만은 바로 해보라니깐요.
손발은 얼어터졌어도 걸음만은 바로 걸어보라니깐요.
손발은 뒤틀렸어도 포옹만은 바로 해보라니깐요.
사람이 사람들에게 비나이다.
사람이니깐 사람들에게 부끄럼없이 비나이다.

우리의 땅이니깐 우리는 서로서로 향해서
비나이다. 삼백육십오일 육천만은 엎드려
풀잎처럼 한라산에서 백두산까지 비나이다.
비뚤어졌어도 마음만은 바로 드러내
비나이다.
비나이다.

* 김용택의 시 제목.

위하여, 위하여

을축년 새 아침에

잊혀진 것들을 위하여
우리로부터 떠나가버린 것들을 위하여
자나 깨나 꿈을 위하여
그 실현을 위하여

안타까이 흘러간 묵은해를 위하여
내일을 위하여 모레를 위하여
글피를 위하여 그글피를 위하여
해낼 일은 끝까지 해낼 일이다.

우정을 위하여
요동치는 삶을 위하여
사랑을 위하여
만남을 위하여
해낼 일은 주저치 말고 해낼 일이다.

대대로 지켜온 국토를 위하여
그 위에 뒹구는 한덩어리를 풀기 위하여
가난을 벗어나기 위하여
우리들은 서로서로 얼싸안고
해낼 일은 꼭 해낼 일이다.

민주를 위하여
자유를 위하여
통일을 위하여
평화를 위하여
때를 놓치고 울지 않는 새벽닭을 위하여
헐벗고 찢기운 마음의 북이라도
두둥둥둥, 두둥둥둥 치고 칠 일이다.

그리움을 위하여
6천만을 위하여
그리움은 모여들어
그 6천만은 새벽잠에서 깨어나
한꺼번에 우와! 우와! 우와
목터지도록 함성이라도 내지를 일이다.
목이 타도록 울부짖을 일이다.

그 누가 감히 주저앉아 한탄만 하랴,
그 누가 감히 걷지 않고 길만 멀다고만 하랴,
그 누가 감히 눈을 감고 어둡다고만 하랴,
그 누가 감히 구하지 않고 없다고만 하랴,

눈물뿐인 눈이라도 뜨고
이 산하 구석구석을 디딜 일이다.
새해엔 해낼 일은 끝끝내 해내기 위하여
위하는 것은 더욱 확실하게 위하여
이 땅의 모든 생명 있는 것들은
출렁일 일이다.
위하여, 위하여
이룩하기 위하여,

다오, 다오, 다오!

개방대학 신문 지령 100호에 부쳐

다오 다오 다오!
들끓어다오
빙점하에서도 진리 젊음 학문도
다오 들끓어다오 다오

다오 다오 다오!
흔들어다오
묶인 채라도 누운 대지 풀잎들을
다오 흔들어다오 다오

다오 다오 다오!
불러다오
호올로 떠도는 모든 이름들을
다오 불러다오 다오

다오 다오 다오!
보여다오
가려진 채로 흐느끼는 저 마음들
다오 보여다오 다오

다오 다오 다오!

울어다오
입다문 채로 돌아서는 저 모든 것들
다오 울어다오 다오

다오 다오 다오!
세워다오
쓰러진 말들 엎어진 활자들을
다오 세워다오 다오

다오 다오 다오!
알려다오
헛소문 말고 우리의 귀에 펄렁이는 것들을
다오 알려다오 다오

워메 미치겠네
다오 다오 다오!
터지는 가슴 타오르는 마음을
가까이서 만나도록
펜은 양심은 종이들은

다오 다오 다오!

들끓어다오
흔들어다오
불러다오
보여다오
울어다오
세워다오
알려다오

이 나라 국토 넉넉히
이 나라 사람 가득히
이 나라 마음 깊숙이

어찌 하오리까

광복 39주년 기념시

그날은 살아 있는데,
그날은 아직도 유효한데,
빈사상태로나마, 배고픔으로나마
이 땅의 살과 피와 영혼 속에 살아 있는데
죽지 아니하고, 누가 자꾸 죽이려 해도
거듭거듭 일어서서 살아 있는데,

어찌 하오리까.
어찌 하오리까.

만세소리가 희미하게나마 살아 있는데
귓전에 가까스로나마 살아 있는데,
만세소리를 총검으로 파헤치던
그 소리도 살아 있습니다요.
그 만세소리보다 어쩌면 더 큰 소리로
살아 있습니다요.
그 총검을 잡았던 손들이 무럭무럭 자라서
이 땅을 덮고 있습니다요.
이 가슴을 짓누르고 있습니다요.
이 얼굴을 가리고 있습니다요.

어찌 하오리까.
어찌 하오리까.

두 동강이 난 채로 몸 뒤척이며 신음하는
우리들의 몸을 짓누르는 저것들은 도대체
누구입니까?
제아무리 눈을 씻고 보아도
선량한 사람보다는 모두 도둑으로 보이는 것은
내 눈 탓입니까? 우리들 눈 탓입니까?
제아무리 햇별이 내리쬐도
마르지 않는 이 눈물은 누구의 것입니까?
제아무리 깊은 밤이 되어도 가려지지 않는
저 얼굴은 누구의 것입니까?
제아무리 깊은 밤이 되어도
잠들지 않는 이 육체와 숨결은 누구의 것입니까?

어찌 하오리까.
어찌 하오리까.

해방이란 말을 잊어버릴까요?
만세소리를 씻어내버릴까요?

압박이란 말만 떠올릴까요?

어찌 하오리까.
어찌 하오리까.

이 한반도 다시 들고 일어나
털어버릴 건 털어버리고
쓸어낼 건 싹싹 쓸어버릴까요?
몽당비라도 들고 나와
내집 안방부터 마당부터 골목부터
싹싹 쓸어버릴까요?

그날은 살아 있는데,
그날은 아직도 유효한데,
손들은, 총검을 잡았던 손들은 살아서
더 큰 손으로 이 땅을 덮치고 있습니다요.
우리들을 덮치고 있습니다요.
40여년의 세월은 결국 헛것이었습니다요.

작품 찾아보기

* I · II는 권을, 숫자는 면수를 나타낸다.

ㄴ

ㄷ

ㅁ

ㅂ

ㅅ

ㅇ

ㅎ

조태일 전집—시 1

초판 1쇄 발행/2009년 9월 10일

지은이/조태일
엮은이/이동순
펴낸이/고세현
책임편집/이상술
펴낸곳/(주)창비
등록/1986년 8월 5일 제85호
주소/413-756 경기도 파주시 교하읍 문발리 513-11
전화/031-955-3333
팩시밀리/영업 031-955-3399 · 편집 031-955-3400
홈페이지/www.changbi.com
전자우편/literat@changbi.com
인쇄/한교원색

ISBN 978-89-364-6023-5 03810
978-89-364-6995-5 (전4권)